날고 싶지만

고등 학생, 우리들이 살아가는 이야기

날고 싶지만

고등 학생 48명 글
한국글쓰기연구회 엮음

보리

다시 용기를 내야지

이상석(한국글쓰기연구회 회원, 부산 부산진 고등 학교 교사)

며칠 전 텔레비전 채널을 돌리다가 '죽은 시인의 사회'를 만났어. 그래 이것 한번 보자 하고 분위기를 잡았지. 커튼도 치고 불도 끄고. 난 이 영화를 지나치며 몇 번 보긴 했지만 처음부터 끝까지 본 적이 없었거든.

'햐! 이 영화가 보통 영화가 아니었구나.' 볼수록 감탄을 하게 되데. '내가 키팅 선생만큼 잘 가르치는가.' '아이들을 저 사람만큼 사랑하는가.' '저만큼 친하게 지내는가.' 이런 생각을 하면서 영화에 빠졌지. 그러다가 마지막쯤 키팅 선생이 쫓겨나는 장면, 아이들이 우리의 캡틴을 외치며 책상에 올라설 때 나는 그만 눈물을 쏟고 말았어. 내가 학교를 쫓겨나던 때가 생각나서 더 울었을 거야.

아! 그만 해도 오래 되었네. 1989년! 아이들을 죽음으로 내모는 교육을 할 수 없다고 전국의 교사들이 단체를 만들었지. '전국 교직원 노동 조합'. 교육부에서는 당장 거기에 가담한 사람들을 교단에서 내쫓았어.

여름 방학을 하루 앞둔 날. 우리 학교에서는 하루 앞당겨 종업식을 하게 해. 내일 방학식 때 운동장에 모이면 아이들이 그 자리에서 농성을 하기로 했나 봐. 우리 선생님을 내쫓지 말라고. 그걸 눈치채고 서둘러 교실에서 종업식을 하게 한 거야. 나는 아이들 앞에서 잘 있으라는 인사도 못 하고 소리 없이 쫓겨나게 생겼지. 우리 반은 그 때 방학식날 떡 해 먹을 거라고 쌀을 모아 두었는데, 그 쌀자루를 보니 더 눈물이 나데.

우리 반 아이들한테라도 마지막 인사를 해야겠다 하고 말을 꺼내는데, 아이들이 갑자기 술렁이기 시작하더니 이럴 수는 없다며 복도로 몰려 나가 외치기 시작하데.

"선생님을 돌려 달라!"

삽시간에 온 교실에서 아이들이 뛰쳐나왔지. 그러던 중에 우리 반 아이들 몇은 너무 감정이 북받쳤던지 고함을 치다가 그만 기절을 해 버리는 거야. 쓰러져 누운 아이를 끌어안고 나도 울고 아이들도 울고. 그런 난리가 없었어. 그래도 끝내 나는 그 날로 쫓겨나고 말았어. 그렇게 쫓겨난 선생이 전국에서 천오백여 명 되었지. 이게 '전교조 교사 해직 사건'이야. 지금 여러분들은 잘 모르는 일이지.

1984년이었는데, 여자 고등 학교에 있을 때야. 그 교실은 정말 찬란했지. 아이들 새까만 눈동자가 지금도 생생해. 함초롬한 단발머리로 선생이 무슨 이야기를 하나 뚫어지게 쳐다보는 아이들. 시 공부 시간, 이상화의 '빼앗긴 들에도 봄은 오는가' 한 구절씩 읽으며 식민지의 봄을 떠올리게 했지. 교실에는 봄날의 화사한 햇살이 잔잔하고, 아이들과 내 가슴에는 감동이 물결치고 있었어. 수업을 마치면 아이들이 손뼉을 쳐 주었지. 등줄기에 땀이 흥건히 흘러내렸고. 나는 벗어

두었던 웃옷을 걸치며 말했지.

"얘들아, 나, 참 행복하다."

"차렷, 경례." 이런 인사는 해 본 적이 없어. 교실에 들어서면 아이들이 박수로 맞아 주었고, 나설 때는 "고맙습니다, 또 오세요." 하고 손을 흔들어 주었어.

한 번은 이런 일도 있었지. 가을이었어. 교실에 들어서니 아이들이 교실 바닥에 수북이 낙엽을 깔아 두었네. 학교 동산에서 낙엽을 바리바리 주워다가 쏟아 놓았겠지.

"이야! 너희들, 날 자꾸 이렇게 감동시킬 거야."

당장 책걸상 뒤로 밀어붙이고 모두 낙엽을 깔고 앉아 공부했지. 아이들 마음에도 내 마음에도 잔잔한 사랑이 흐르고 있었어. 그걸 그대로 느끼겠더라고.

그렇게 사랑을 나누며 꿈꾸듯이 행복하게 선생 노릇 하고 있다가 느닷없이 쫓겨났으니 내 마음이 어땠겠어. 가슴에 돌덩이가 들어앉았지. 우리 학교가 있는 언덕을 바라보기만 해도 그만 눈물이 그렁그렁 맺히곤 했어.

그렇게 쫓겨나서 지낸 세월이 5년이야. 1994년에야 복직을 했어. 아! 그런데 복직을 하고 보니 옛날 그 교실이 아니야. 아이들은 나를 멀뚱멀뚱 소 닭 보듯 하네. 왜 그런지 몰라. 옛날의 감동이 도무지 살아나지 않는 거야. 그래도 복직 첫해는 그런 대로 괜찮았어. 그런데 해가 갈수록 더해. 아이들과 감정을 나누기가 그렇게 어려워. 아이들 세상과 내 세상이 다른 거야.

시 한 편을 배워도 감흥을 나눌 수 없고, 80년 5월 광주를 이야기해도 아이들은 멀뚱멀뚱하고, 굶어 죽어 가는 북한 어린이들 이야기를 해도 딴 세상 이야기로만 듣고 있는 거야. 나는 이야기하기가 두려워지기 시작했어. 그러다가 나중에는 아예 이런 이야기는 꺼내지 않게 되었지.

가장 참기 어려운 것은 내가 교실에 들어가도 아이들이 엎드려 자고 있는 거야. 겨우 깨워서 이야기를 시작할라 치면 또 자네. 여기저기 픽픽 엎어지는 아이들을 두고 마음이 무거워 견딜 수가 없었어. 교실에는 삭막한 바람만 부네. 한때 내가 그랬지. 후배 교사들 데리고 강연할 때. "아이들이 조는 것은 80퍼센트는 교사의 잘못이다. 오죽 지겨우면 자겠어?" 그런데 이제 내가 그 꼴이 되었네. 이런 말도 했어. "아이들은 꽃으로도 때려서는 안 된다." 하지만 이제는 나도 매를 들 때가 있어.

그런데 내가 아이들과 이렇게 멀어져 버린 까닭을 생각하니 이게 죄다 어른들, 그 중에 선생들 잘못이 크더라고. 아침 7시 30분. 교문을 통과해야 하는 시간이야. 이 시간이 지나면 모조리 잡혀서 엎드려 뻗쳐를 해야 하고 토끼뜀을 해야 하지. 교문 들어설 때도 그래. 웬 꼬투리는 그렇게 많은지. 바지 가랑이가 좁다. 머리가 길다. 스타킹 색깔이 왜 살색이냐, 아니면 왜 검은색이냐. 치마는 왜 이리 짧으냐. 왜 머리핀을 했느냐. 왜 구두를 신었느냐. 온갖 잡다한 꼬투리를 잡는 교문. 진절머리가 나. 어떤 때는 선생들이 편집증 환자가 아닌가 싶을 때가 있어.

그렇게 시작한 학교는 1학년, 2학년은 밤 8시, 9시에야 끝나고 3학년은 10시, 11시가 되어야 끝이 나지. 이것을 마치면 또 학원 가야 하는 아이들도 있고. 사람이 쇠가 아닌 다음에야 잠 안 자고 견딜 수가 있나. 이러니 0교시, 1교시에는 쓰러질 수밖에. 무슨 이야기가 귀에 들어오겠어. 교실은 바닷속같이 깊이깊이 가라앉지. 이걸 두고 나는 또 화를 내고. 아이들은 그런 잔소리에 마음문이 닫혀 버리고. 악순환이야. 아이들에게서 생기를 다 뺏어 버리고는 "교실이 붕괴되었다! 아이들이 도무지 말을 안 듣는다!"며 부르대고 있어.

어디서부터 이 악순환의 고리를 끊어야 할까. 생각하면 엄두가 안나. 부모들이고, 선생들이고, 교육 정책을 세우는 사람들이고, 아이들이고 모두 생각을 바꾸지 않으면 안 되는 일이야. 이러니 엄두가 안나지.

아! 그런데 아직은 절망하지 않아야 한다는 생각을 하게 되었어. 바로 이 책에 실린 여러분들 글을 읽으면서.

'아이들은 이렇게 살아 있구나. 아무리 어른들이 몹쓸 놈들이라고 한탄을 해도 아이들은 꿋꿋하게 제 삶을 살아가고 있구나. 내가 아이들에게 뭐 해 준 게 있다고 절망을 하나. 다시 옛날로 돌아가자. 힘을 내고 다시 아이들 속으로 들어가자. 이런 아이들이 있는데 교실이 무너졌다고 할 수 없어.'

또 이런 생각도 했지.

'글을 쓰면서 맺힌 마음을 풀고 제 삶을 가꾸어 가게 해 주는 것, 이보다 중요한 교육이 어디 있겠나. 우리 아이들이 이 세상을 버티어 내고 제 삶을 바꾸어 갈 힘을 길러 주는 것, 바로 선생인 내가 해야 할 몫이구나.'

이 책에 실린 글들은 죄다 아이들이 스스로 가슴으로 깨닫고, 느끼고, 생각한 이야기들이야. 글을 쓰면서 기뻐하기도 하고 속시원해하기도 하고 눈물도 흘렸을 거야. 그러면서 스스로 커 갔겠지. 이보다 더 좋은 교육이 어디 있겠나.

그런데 여기 글들을 읽으면서 어떤 사람은 콧방귀를 뀔지 모르겠어. 이게 무슨 책으로 엮을 글이냐고. 나 같아도 이 정도 글은 얼마든지 쓸 수 있다고. 바로 그거야. 누구든 이 정도는 쓸 수 있지. 이 말은, 여러분들 누구나 남에게 감동을 줄 수 있는 이야기를 가슴에 품고 있다는 말이거든. 이렇게나마 여러분들이 다시 살아날 수 있다면 얼마나 좋을까.

나도 다시 용기를 낼 거야. 새 학년을 맞으면 우리 아이들과 삶을 나누고, 삶을 가꾸는 글쓰기를 해야지. 감동이 물결치는 교실을 다시 보고 싶어.

2001년 11월

차례

1부 미운 오리 새끼 같은 나
　　　—내가 살아가는 이야기

2부 사랑하는 우리 어머니
　　　—우리 식구, 우리 집

3부 저녁 불 때기
—일하는 이야기

4부 우리 반 아이들
—가고 싶은 학교, 가기 싫은 학교

■ 일러두기

1. 이 책에 실린 글은 거의가 1990년 이후에 고등 학생들이 쓴 글과 문집, 한국글쓰기 연구회 회보, 학급 모둠 일기 들에서 골랐습니다.
2. 띄어쓰기와 잘못 쓴 글자는 바로잡았습니다.
3. 사투리와 입말은 아이들이 표현한 대로 두었습니다.
   (이게 우쩨 된 일이고?/내한테 준 5만 원/이 말 할라고/안 엎드리고 개기다가 더 맞았다/빨리 죽기를 바랬다/일어나서 부시시한 몸으로/짤리지 않았다)
4. 우리 말법에 어긋난 것 가운데 다음과 같은 표현들은 바로잡았습니다.
   (그랬었다→그랬다/다니시고 계시다→다니고 계시다/저 밥상이 13번째→저 밥상이 열세 번째)
5. 〈이제는 맘잡아야겠다〉를 비롯 몇몇 글은 쓴 사람 이름을 바꾸었습니다.

1부 미운 오리 새끼 같은 나

— 내가 살아가는 이야기

충남 부여 부여 여자 고등 학교 1학년 김미영 그림

미운 오리 새끼 같은 나

강원 고성 거진 여자 상업 고등 학교 2학년 강연순

우리 집은 1남 4녀이다. 다른 사람들은 식구가 많아서 좋겠다고 한다. 그러나 나는 별로다. 내가 생각하는 가족 관계는 큰언니, 오빠, 나, 여동생 이렇게 있었으면 하는 생각을 오래 전부터 하고 있었다. 그래서인지 나는 자식을 이렇게 낳고 싶다.

어렸을 때부터 난 우리 집에서 필요 없는 존재가 되어 버렸다. 큰언니는 안 그러는데, 둘째 언니, 셋째 언니, 남동생이 나를 괴롭혔다. 아빠, 엄마는 나에게 관심이 없다. 늦게 들어와도 아무 말 안 하고, 동생하고 내가 심하게 싸워도 그냥 욕만 하고 만다. 어릴 때는 동생하고 싸워도 내가 이겼는데, 연년생이다 보니 요즘 들어서는 내가 힘이 딸려서 상황이 바뀌게 되었다. 싸울 때면 난 말로 하려고 하는데 동생은 남자라고 다 힘으로 한다. 왜 남자는 힘으로 이기려고 할까? 그러니 여자들은 깨물고, 머리카락을 잡아당기고, 발로 차는 정도의 대항이 전부다. 동생하고 싸웠을 때 얼굴에 멍이 들었던 적도 있다. 동생한테 맞는 얘기는 쓰고 싶지 않았지만, 이것도 중요한 것 같아 쓰고 있다. 사소한 것이라도 마음에 안 들면 싸움을 건다. 길에서나 집에서나 동생하고는 말을 안 한다. 말만 하면 싸움이 되기 때문이다.

그리고 제일 슬펐던 일은 연휴가 되면 언니나 오빠들이 선물을 사들고 집에 와서는 화목하게 얘기하고 웃고 하는데 난 그 모습을 부러워할 수밖에 없었다. 연휴가 되어서 언니들이 오면 나하고는 상대하지 않는다. 첫째 언니는 텔레비전을 보고 둘째, 셋째 언니와 동생은 재미있게 얘기하면서 나에 대해서 힐뜯으면서 떠들었다. 나보고 못생겼고, 뚱뚱하고, 공부도 못 한다고 한다. 둘째 언니는 나한테 이런 말까지 했다.

"공부라도 못 하면 예쁘기라도 하든가, 예쁘지도 않으면 몸매라도 잘 빠져야지."

언니들은 남동생이 귀엽다면서 잘 해 준다. 그래서 연휴가 되면 외톨이가 되어 버린다. 연휴가 싫다. 더구나 집에 쉬러 온 언니들을 대신해 방 청소, 심부름, 밥상 차리는 일은 나 혼자 해야 했다. 혼자 밖에 나와 얼마나 울었는지 모른다.

엄마, 아빠도 내가 잘못하면 욕을 하든가 아니면 화를 내시는데 동생이 잘못하면 많이 봐 준다. 엄마는 동생이 돈을 달라고 조르면 없다고 하면서도 잘 주는데 내가 준비물이나 문제집 살 돈 달라고 하면 잘 안 준다. 엄마랑 나는 돈 문제 때문에 많이 싸운다. 빨리 죽어서 남자로 다시 태어나고 싶다. 집에서 잘 하려고 해도 난 미운 오리 새끼가 되었다.

가정이 화목한 집에서 살고 싶다. 내가 어른이 되면 우리 집처럼 되지 않게 하고 싶다. 가출도 많이 생각하고, 나만 없어지면 집이 편하겠지 하는 생각에 죽을 생각도 해 보았지만 갈 곳도 없고, 죽고 싶어도 생각만이지 행동으로는 하지 못했다. 우리 집에서 내가 죽는다면 슬퍼할 사람이 없을 것이고, 잘 죽었다고 하지나 않을까 생각했다.

왜 언니들하고 동생이 나를 싫어하는지 모르겠다. 아무리 잘 하려고 애써도 내 마음을 알아 주는 사람은 없다. 밖에 놀러 가도 내가 창피하다고 가지 않는다. 언니하고 동생, 그리고 엄마, 아빠가 얘기하며 웃을 때 난 이불 속에서 울고 있다. 이런 기분 아무도 모를 거다. 이 세상이 날 버린 것 같은 마음이 든다. 그래서 내 성격이 나서지 못하고 주눅들어하는 것 같다. 다른 아이들은 어떨까?

그렇지만 나에게는 기쁠 때 같이 기뻐해 주고, 슬플 때 같이 슬퍼해 주는 나의 사랑스러운 친구(경숙, 선미, 효진, 미란, 선옹)가 있기에 외로움이 덜한 것 같다. 소중한 나의 친구한테 이런 말을 하고 싶다.

'나 같은 못된 아이를 친구로 맞아 줘서 고맙고 나한테 너무너무 잘해 줘서 진짜로 고마워. 우리들이 이다음에 헤어진다 해도, 아니 저 세상에 간다 해도 잊지 못할 거야.' (1996년 4월 16일)

잊을 수 없는 일

인천 선화 여자 상업 고등 학교 3학년 정윤신

늘 마음 한 구석에 지워지지 않는 일이 있다. 그 때 그 일은 아직도 날 부끄럽게 만들고 후회하게 만든다.

중학교 3학년 여름이었다. 우리 집은 2층으로 된 건물로, 아래층은 부모님이 분식점을 경영하셨고 위층은 살림집이었다. 집 근처에는 많은 상가들이 들어서 있는데 그 중 '한겨레 문고'라는 대형 서점은 사람들의 발길이 끊이지 않는 곳이다.

그 날도 늘 함께 다니던 친구들과 집으로 가던 중, 한 친구가 책을 사고 싶다고 해서 '한겨레 문고'를 찾아갔다. 책을 산 후, 난 집이 가까워서 바로 가려고 했지만 친구들을 배웅하기 위해 버스 정류장에서 버스를 함께 기다리고 있었다.

그러다 우연히 배달하시는 어머니의 모습을 보게 된 것이다. 순간, 얼굴을 붉히고 고개를 돌렸다. 부스스한 머리, 지저분한 앞치마, 신문지로 덮은 음식이 든 쟁반, 너덜한 반바지, 양말을 벗은 채 신은 다 떨어진 슬리퍼. 이렇게 초라한 어머니의 모습에 그만 창피하고 부끄러워 고개를 돌려 버린 것이다.

　나는 계속 초조했다. 함께 있는 친구들이 우리 집에 몇 번 놀러 와서 어머니를 기억하고 있기 때문이다. 나는 일부러 친구들의 관심을 끌기 위해 엉뚱하게도 같은 반 친구를 헐뜯기 시작했다. 난 내 행동이 한참 잘못되었다고 느끼면서도 계속 친구를 헐뜯었다. 그런데 한 친구가 어머니를 보고 말았다. 어머니께서는 우리를 보시곤 이 쪽으로 걸어오셨다. 배달하시고 돌아오는 길인지 손에는 아무것도 들려 있지 않았고, 힘이 드신지 땀을 흘리고 있었다.

　친구들이 인사를 하자 근처에 있는 사람들이 모두 쳐다보기 시작했다. 우리 옆에 있던 여학생들도 어머니 모습을 살피고는 웃어 댔고, 남학생들도 곁눈질하면서 자리를 피했다. 어머니는 아무것도 모르신채 웃으면서 친구들에게 놀러 오라고 말하고 있었다. 나는 너무 창피했다. 견디다 못한 나는 어머니께 짜증을 부리기 시작했다. 빨리 집으로 들어가라고 소리까지 쳤다. 어머니께서는 조금 당황한 얼굴로 친구들에게 학교에서 무슨 일이 있었냐고 물으셨다. 나는 아무 일도 없었으니 집으로 빨리 들어가라고 신경질적으로 말했다.

　어머니께선 친구들에게 잘 가라고 하며 집으로 들어가셨다. 쳐다보던 사람들도 그제서야 눈길을 돌렸고, 내 마음도 놓이게 되었다. 옆에서 지켜보던 친구들이 갑자기 왜 그렇게 짜증을 냈냐고 물어 왔지만 나는 대답할 수가 없었다.

　친구들을 보낸 후 집으로 들어가려는데 다시 마음이 초조해졌다. 어머니께서 서운해하실 것을 생각하니 자꾸 마음에 걸렸다. 나는 가게에 들어서자마자 고개를 숙이고 위층으로 올라갔다. 어머니와 마주치고 싶지 않았다.

그런데 어머니께서 주스를 가지고 바로 올라오셨다. 더우니까 씻은 후에 마시라고 했다. 난 아무 대답도 하지 않았다. 어머니께선 학교에서 힘들고 어려운 일이 있으면 언제든지 말하라는 말씀을 내게 남기시고 가게로 내려가셨다.

어머니는 모르고 있었다. 내가 왜 그렇게 짜증을 내고 화를 냈는지 모르고 있었다. 그러면서 내게 전혀 서운해하지 않고 오히려 걱정해 주셨다. 당신 딸이 이렇게 나쁜 마음을 가지고 있는지 생각조차 못 하시는 것이다. 마음이 아팠다. 정말 아팠다. 어려서는 집이 아무리 가난해도, 부모님이 아무리 초라해도 그것이 창피하고 부끄럽게 생각된 일이 없었는데…….

그런데 이 일은 그 날 저녁에 날 더욱 가슴 아프게 만들었다.

오후 일이 자꾸 신경이 쓰여서 책상 정리를 하고 있었다. 여동생 책상까지 정리하다가 동생이 학급 문집에 낸다고 글을 쓴 원고지를 보게 되었다. 그 글은 '나를 슬프게 한 일'이라는 제목으로 동생이 가슴에 묻어 두었던 자신의 죄를 반성하는 글이었다. 그런데 그 글 속에는 내가 오후에 저질렀던 일과 같은 상황이 쓰여 있었다. 부모님을 외면했던 건 나만이 아니었다.

그 때 동생이 씻고 방 안으로 들어왔다. 어떻게든 무엇인가 해야 한다는 생각에서, 난 손에 든 원고지를 동생에게 던지며 그 일이 사실이냐고 화를 냈다. 어떻게 이럴 수 있었느냐는 얼굴로. 동생은 갑자기 화를 내는 나를 보고 의아해하다가 발 밑에 떨어진 원고지를 보고서는 고개를 숙였다. 난 그 일을 숨긴 채 동생에게 왜 그랬냐며 다그쳤다. 동생은 잘못했다는 말을 하면서 조용히 눈물을 흘렸다. 이런 동생 앞에서 사실을 말하고도 싶었지만, 언니라는 자존심 때문이었는지 차마 입이 떨어지지 않았다.

동생은 울음을 그치고, 어머니와 이웃 아주머니 두 분이서 나눈 대화를 몰래 들은 얘기라며 들어 보라고 했다. 아주머니께서 어머니께 옷차림이 너무 초라하다며 이제는 옷도 좋은 것으로 입고 꾸미고도 다니라고 말씀하셨다고 한다. 그러자 어머니께서 대답하시길 "나는 새 옷보다도 헌 옷이 어울리는 사람."이라고 말씀하셨다는 것이다.

코끝이 찡해졌다. 동생의 눈에는 다시 눈물이 고였다. 동생은 눈물을 닦으며 내게 말했다.

"언니, 난 반드시 엄마, 아빠 호강시켜 드릴 거야."

아직도 이 말이 잊혀지지 않는다. 동생이 전에 자주 부모님께 애교 부리려고 말했을 때와는 의미가 달랐고, 느낌도 달랐다. 동생은 진심으로 부모님을 사랑하는 마음에서 자신의 잘못을 뉘우치며 하는 말이었다.

난 동생 앞에서 더 이상 사실을 숨기지 못했다. 아니, 숨길 수가 없었다. 사실대로 얘기한 후에야 난 눈물을 흘렸다. 들고 있던 무거운 짐을 던져 버린 듯한 편안함 때문인지, 지금까지 사실을 숨기다 이제서야 동생에게 사실을 고백했다는 미안함 때문인지 눈에서 눈물이 멈추지 않았다.

동생은 이해할 수 있다는 듯한 얼굴로 내 얼굴을 닦아 주었다. 우린 서로 얼굴을 마주 보며 다시는 이런 일이 없게 하자고 약속했다. 그러고 나서 서로에게 웃음을 지어 보였다.

그 때의 모든 상황들은 머리 나쁜 내가 아직도 생생하게 기억하고 있는 유일한 것이다. 그리고 그 이후 변한 내 자신을 발견할 수 있었다. 실업계 고등 학교에 입학한 후 상위권 성적을 계속 유지했고, 연

극부에 들어 해 보고 싶었던 일들에도 도전해 보았으며, 반장과 회장
도 할 수 있었다. 이 일들은 모두 나 자신을 발전시키기 위한 일들이
다. 하지만 날 위하는 일, 날 발전시키는 일은 곧 부모님이 바라시는
일이라는 것을 나는 알고 있다. (1997년)

고갱과 고흐

인천 선화 여자 상업 고등 학교 3학년 오정희

1997년 9월 7일. 석 달 동안 공부방 아이들과 힘들게 준비한 '우리 아이들의 나라는'의 일곱 번째 공연이 끝났다. 내가 다니는 공부방에 선 일 년에 한 번씩 발표회를 하는데 벌써 7회째란다. 이번 공연에선 공부방 10년 동안 있었던 일을, 초등 학교 때부터 공부방을 다녀 벌써 어른이 되어 직장에 다니는 언니들이 주인공이 되어 공부방에서의 우리들의 모습을 적나라하게 보여 주었다. 10년을 간추리기가 그리 쉽지만은 않아서 준비도 많이 늦어지고 연습도 많이 못 해서 걱정을 했지만 역시 무대 체질인 우리 아이들은 잘 소화해 낸 것 같았다.

나도 공부방을 다닌 지 벌써 8년째다. 이렇게 8년 동안 공부방을 다니면서 내가 왜 공부방에 남아 있었는지 이번 발표회가 끝난 지금에야 정리가 되는 것 같다. 그건 바로 날 진심으로 인정해 주고 사랑해 주는 사람들이 있었기 때문이겠지……. 이렇게 정신 없이 발표회가 끝나니 이제야 여유가 생기는 것 같다.

8월 중순 정도였을 거다. 우리 친삼촌이 갑자기 집에 왔다. 그러곤 다짜고짜 날 앉히고 취업 애길 꺼냈다.

"야! 선생님께 가서 얘기해. 취업 더 일찍 나가면 안 되냐고! 아님 내가 담임 선생님께 전화해 줄게. 9월부터 사람이 필요하다던데. 그냥 취업 나감 되잖아. 돈 벌어야지."

"안 돼! 우리 학교, 취업 11월부터 나갈 수 있다니까!"

아직 준비가 되지 않았다. 지금과는 다른 사회에 나가 버틸 자신이 없었다. 발가벗고 사회에 뛰어드는 것만 같아 싫었다. 그렇게 어른들 속에 섞이고 싶지 않았다.

"나 취업하고 2년만 돈 벌 거야. 그 땐 정미가 졸업하니까 일 관두고 내가 하고 싶은 거 하고 살 거야."

"니가 하고 싶은 게 뭔데?"

"애들 동화 일러스트 같은 거."

"니가 그림 그릴 줄이나 아냐?"

"당연하지. 밖에선 오 화백으로 통하잖아."

"야, 야! 니 성질에 무슨 그림이냐?"

삼촌은 기분 나쁘게 날 무시하고부터 본다.

"야, 나두 알어. 뭐, 너 애니메이션 말하는 거지?"

"오―, 삼촌이 애니메이션도 알아?"

"야, 이 자식. 그거 전망 좋아. 아는 학원 있냐?"

"우리 학교 앞에도 있어. 4개월 수료하면 취업도 시켜 준대."

그림 공부하고픈 마음에 일단 취업 애기로 삼촌 귀를 열었다.

"그래? 그럼 해 봐. 개학하자마자 알아보구 연락해."

삼촌은 아무것도 모르면서 그냥 하라 한다.

"나 참, 그게 얼마나 비싼 줄 알아? 그냥 보통 미술 학원도 한 달에

50만 원씩 드는데, 하라구?"

"50만 원이나 하냐? 야! 그래두 내가 조카 위해서 2백만 원 못 해 주겠냐? 알아봐. 빨리 돈 벌어서 할머니 모셔야 할 것 아냐. 이제 그만 쉬게 하셔야지. 누가 할머닐 모시겠냐? 니 아빠도 그 모양이구, 고모들이 하겠냐, 누가 하겠냐. 나두 바빠서 신경 못 쓰잖아. 야! 할머니 이렇게 아프셔서 어떡하냐. 니가 돈 벌어야지!"

할아버지 돌아가시고 묘에 묻을 때, 주저앉아 울던 삼촌 모습이 생생하다.

작년 8월 18일, 할아버지가 돌아가셨다. 그전까지만 해도 할아버지, 할머니, 나, 정미, 인석이 이렇게 네 명이었다. 엄마, 이 단어는 너무나 생소하다. 엄만 내가 초등 학교 2학년 때 친구를 만나러 간다면서 돌아오지 않았다. 그리고 내가 6학년 때 아빠와 이혼을 했다. 우리 집은 원래 가난했기 때문에 아빠나 삼촌 그리고 고모들이 모두 집을 떠나고 싶어했다. 난 지금도 우리 집이 제일 좋은데……. 아마 내 동생들은 엄마 얼굴도 이름도 기억나지 않을 것이다. 이것만 생각하면 가슴이 아프다. 엄마가 나간 후 아빠도 집에 들어오지 않았다. 하긴 그 때 우리 아빠 나이가 팔팔한 스물아홉 살이었으니까.

우리 식구 네 명이 됐을 때, 고모건 삼촌이건 아무도 우릴 돌아보지 않았다. 다들 이 가난한 집구석에서 해방이 되어 자기들 살기에 바빴으니까. 명절 때 할머니가 하두 애들 키우기 힘들다고 하니까 고모들은 애들 고아원 보내라고 했던 말들이 생각난다. 얼마나 서러웠던지 나중에 내가 이 설움 다 갚는다고 다짐까지 했다.

할아버지가 돌아가시기 얼마 전, 당뇨병과 합병증으로 병원에 입원해 계셨을 때 아빠와 연락이 되었다. 병원에 아빠가 와 있다고 해서 동생들과 병원 입구에 들어섰을 때 얼마나 떨리던지…… 하지만 아빠 우리들에 대한 보상으로 돈을 택한 것 같았다. 5만 원, 8만 원, 10만 원. 가끔 아빠가 올 때마다 많은 돈이 생겼으니까. 그런 아빠를 기다리는 동생들도 밉기만 했다.

막내인 남동생 인석이에게 아빠를 어떻게 생각하냐고 물었더니 아무렇지도 않다고 했다. 그 말을 듣고 얼마나 울었던지…… 몰래 우느라고 고생 좀 했다.

얼마 안 지나 할아버지가 돌아가셨다. 난 눈물도 나오질 않았다. 그냥 '이제 시작이구나. 마음 독하게 먹자.' 라는 생각밖에는…….

그 뒤로 삼촌이 철이 들었는지 가끔 집에 찾아온다. 올 때마다 "빨리 이사 가야지."라는 말은 빼먹지 않고 한다. 고모들도 할머니를 예전보다 많이 챙기고…….

요새 할머니가 백화점 청소를 하셨다. 65세의 연세로 그 넓은 곳 청소하시느라고 한 번은 쓰러지실 뻔했다. 그 뒤로 계속 아프셔서 일을 못 다니고 계시다. 아빠는 연락이 안 되고. 그러고 나서 내 짐은 더 커져 버린 것 같다.

후, 모르겠다. 내가 지는 짐들. 내 동생, 할머니…….

"알아보구 나한테 연락해. 카드도 되지?"

삼촌은 언제나처럼 할 말만 하고 그냥 갔다.

은근히 기다려졌다. 어쨌든 그림에 관한 전문적인 사람에게 그림을 배우게 된 건 처음이었으니까. 미술 대학에 간다고 설치는 아이들한테 나도 그림 배우게 되었다고 얘기해 주고 싶었다.

드디어 개학날이다. 난 잊지 않고 애니메이션 학원을 찾았다. 거기 계신 학원 선생님한테 이런저런 얘기를 듣고 더욱 들떠 있었다.

'수업료 20만 원에 입학금 2만 원. 동화 작업과 채색 작업이 있는데 기초부터 그림을 배우고 익히는 동화 작업을 권해 주고 싶다고. 동화 작업은 5개월 과정. 이 과정을 마치면 만화 제작소에 취업.'

부푼 가슴을 안고 학원을 나왔다. 내 동생들 다 학교 졸업시키고 독립될 수 있을 때 돈 벌어서 그림 공부를 하려고 했다. 기회가 온 것 같았다. 하지만 뭔가가 망설여졌다. 그냥 친삼촌에게 말하고 등록하면 되는데 많이 망설여졌다. 이것저것 머릿속을 복잡하게 했다. 지금 생각해 보면 내가 선택해야 할 일에 '옳은 일이다.'라는 자신이 없었던 것 같다. 최종적으로 선택하게 된 건 공부방 이모와 상의해 봐야겠다는 것.

내가 다니는 공부방에선 자원 교사들을 이모, 삼촌이라 불렀다. 우리 동네는 흔히 말하는 산동네, 달동네와 이미지가 비슷했기 때문에, 부모님이 모두 일을 다니시거나 부모님이 없는 아이들이 많았기 때문에 가족 같은 느낌으로 선생님이라는 딱딱한 호칭보다 이모, 삼촌이라는 호칭으로 아이들을 더 가깝게 느낄 수 있게 했다. 물론 호칭뿐만이 아니라 사람 대하는 것도 어느 가족보다 따뜻했다. 나도 부모님이 안 계셨기 때문에 공부방 이모, 삼촌들의 도움을 많이 받았다. 친부모들처럼 관심 가져 주고 어떨 땐 혼도 나고…….

내가 애니메이션을 공부방 이모와 상의해야겠다고 생각한 건 예전에 풍물 배울 때 일 때문이다.

공부방에서 풍물을 배운 적이 있다. 엉터리 장단을 치면서도 애들이랑 어울리는 재미라든가, 치면서 느끼는 흥 때문에 풍물을 좋아하게 됐다. 우린 풍물을 칠 때 새로 생긴 고속 도로 옆 길가에서 쳤는데 지나가는 차 안의 아저씨가 박수를 쳐 주실 때도 있었고, 자전거 타고 가던 할아버지가 갑자기 내리시더니 악기를 뺏어 시범을 보이실 때도 있었고, 오토바이 타고 가던 아저씨가 가시다가 음료수를 사 주시면 서 수고한다고 하실 때도 있었고, 술에 취한 아저씨가 돈을 주고 가신 적도 있었다. 점점 풍물에 빠져드는데 이젠 밖에서 치면 손이 시려워 할 수 없을 정도로 추워졌다. 추우니까 아이들도 하기 싫어해서 봄이 올 때까지 기다리기로 했다. 너무너무 아쉬워서 풍물을 학원에서 배 워 볼까 생각도 했는데 언제 학원을 다녀 봤어야 하지, 그냥 생각뿐이 었다.

2학년 11월 중순이었나? 내 친구 중 은희라는 아이랑 얘기를 하다 가 풍물 얘기가 우연히 나왔다. 난 내가 공부방에서 풍물을 쳤던 얘기 를 해 주고, 이젠 못 하게 됐다고 못내 아쉽다는 얘기도 해 주었다. 근데 은희가 자기 써클에서 이번에 학교에서 소개받고 다니는 학원이 있다고 하는 것이다. 알고 보니 이놈이 4H 써클 단장이었던 거다. 은 희는 이 학원이 학생들은 꽁짜라는 얘기도 해 주고 수업 시간표도 꼼 꼼히 챙겨 주었다. 나에겐 돈도 없었고 너무너무 하고 싶었으니까 은 희 따라 학원 구경이라도 하려고 은희를 따라 나섰다.

찾아갔더니 풍물 학원은 지하였고, 아이들을 가르치고 있는 선생님 모습을 보게 되었다. 개량 한복에 짚신. 이리저리 뛰어다니면서 아이 들을 가르치는 모습이 얼마나 좋아 보였는지. 수업 끝날 때까지 기다 려서 사부(선생님)를 만났는데 다짜고짜 장구를 들고 오라고 하더니, 아는 거 아무거나 치라고 하는 거다. 얼마나 놀랐는지. 너무 떨려서 아무것도 못 치고 사부 얘기만 듣게 됐다. 주요 내용은, '나는 돈 벌 려고 이 일을 하는 게 아니다. 풍물을 다른 일반인에게 많이 알려 주고 싶다. 학생은 그냥 가르쳐 주고 일반인은 한 달에 3만 원이다. 우선 수업료가 싸기 때문에 다른 일반인들도 많이 배울 수 있을 거라고 생각한다.' 그러고는 풍물의 역사, 박자, 종류 등 이것저것 얘기를 해 주셨다. 그 땐 아무 생각 없이 들었다. 내 목적은 날씨가 따뜻해져서 아이들하고 다시 풍물을 칠 때까지만 이 학원에서 배우고 싶어했을 뿐이니까.

다음 날, 첫 수업을 들었을 때 막장구를 치다가 장구를 배우려니 아무것도 안 되었다. 다시 아주 기초부터 배우는 기분으로 열심히 쳤더니 거기 계시는 분들이 잘 친다고 칭찬을 해 주셨다. 물론 사부는 아무 말도 해 주질 않았다. 그렇지만 새롭고 어려운 걸 내가 열심히 해서 소화해 내고, 또 배워 연습하고 인정받는 것들이 좋았다. 그렇게 6개월. 사부한테도 인정받고 공연도 했고…… 어느 날, 사부가 날 부르더니 취업 얘길 꺼냈다.

"내가 너 집안 형편도 알고, 네가 원하면 여기서 강사 생활 하면 어떻겠냐? 물론 네가 싫다면 할 수 없는 거구. 근데 이 일을 하면 네 시간은 많을 거야. 일 주일에 몇 번, 오전에 초등 학교에 가서 아이들 봐 주고 오후에 여기서 초급 좀 가르쳐 주면 되니까. 근데 보통 회사에선 초봉이 얼마나 하냐?"

"아마 초봉 40~50만 원 정도 할 거예요."

"그래? 여기선 한 70만 원 정도 줄 수 있을 거야. 아이들 다 따져 봐. 한 학교에 아이들이 대개 50명 정도 있으니까 한 사람에게 3만 원씩 따져 봐. 어디 가서 니가 명함 내밀고 이 일 하겠다고 해 봐. 누가 써 주겠냐? 그래두 내가 시간 없을 때 가끔 가서 해 주고, 그러면서 차차 네 자리 찾는 거지. 생각해 봐. 몇 넌만 고생하고 너

일 해야지."

아마 여기서 일이라는 것은 국악인이 되는 일이었을 것이다. 이렇게 돈을 일일이 따져 가며 얘기하는 게 마음에 안 들었지만 '그런 게 무슨 상관이야. 좋으면 하는 거지.' 라는 생각으로 걸러 들을 수 있었다. 미래에 대한 두려움이었을까, 아님 욕심이었을까? 하고 싶었다. 무엇보다도 내 시간이 많은 까닭에 더 맘이 끌렸다.

6개월을 공부방 모르게 다녔다. 말해야지 말해야지 하면서도 입이 떨어지지 않았다. 내 욕심이 너무 앞질러 있었기 때문에 아마 하지 말라고 할까 봐 말하지 못했던 것 같다. 그래두 언젠간 말해야겠기에 공부방 모임이 끝나고 오는 길에 이모한테 털어놨다. 이렇게 시작했는데 취업 얘기까지 나왔다고. 난 하고 싶다고. 어떻게든 얘길 하고 나니 날 억누르던 것이 풀리듯 시원했다. 그리고 일 주일 후 공부방 큰이모가 불러 공부방엘 갔다.

"그래. 조건이 좋으니까 우리도 네가 좋아하는 일 했음 좋겠다고 생각했어. 그래서 널 가르친다는 그 사람에 대해서 알아봤지. 풍물 배우는 이모, 삼촌한테 좀 알아봐 달라고 해서. 근데 아는 사람이 거의 없어. 아니, 딱 한 사람 있더라. 근데 이름 듣고 고개를 돌린다는 거야. 너무 소문이 안 좋아. 그리고 학교 같은 데서 아무나 풍물 강사로 안 써. 왜냐면 그것엔 사상이 관련돼 있으니까. 네가 이 일을 1~2년 할 것도 아니고 평생 직업으로 해야 할 텐데, 그 사람한텐 배울 게 없는 것 같아. 공부방에서도 그랬듯이 무엇을 하든 간에 그 기능 외에 다른 배울 것이 있어야 하는 거야. 그 사람이 그러더라. 넌 기능 면에선 늦었지만 빨리 받아들이고 끼가 있어, 될 수 있는 대로 도와 주고 싶다고. 네가 어느 정도인지는 모르지만 그 사람은 널 기능인으로만 본 거라고."

물론 선택은 나에게 달렸다. 그렇지만 풍물을 선택할 수 없었다. 이모 말을 듣고 내 중심을 잡을 수 있었다. 그랬다. 풍물 장단 이외엔 배울 것이 없었다. 어머니 풍물단이라고 해서 오후 1시부터 4시 30분까지는 아줌마들이 연습을 했다. 우리 학교가 일찍 끝나니까 아줌마들하고 어울릴 시간이 있었는데, 그 속에서 나오는 얘기들, 정말 듣기 싫었다. 잠자리 얘기, 돈에 관한 문제들, 그리고 옷이 어떻냐니, 화장품이 얼마냐니……. 모두 돈 많은 사람들 같았다. 우리 동네 아줌마들에게선 볼 수 없는 풍경이었으니까. 그리고 술자리. 가끔 공장에서 일하고 오시는 아저씨들이 술과 안주를 사 오는데, 그 날은 수업을 하지 않는다. 먹고 마시고 그러곤 취해서 꼬장을 핀다. 너무 보기 싫었다. 그렇게 어른들끼리 어울리는 모습을 보면서 조금씩 실망하고 있었기에 더 쉽게 포기할 수 있었다. 내 욕심을 누르고 포기할 수 있었던 건 날 위한 것임을 절실히 느낄 수 있었기 때문이었을 것이다.

시간이 흘렀다. 벌써 9월이다. 애니메이션 얘기를 아직 꺼내지 못했다. 여유가 없었다. 발표회 준비로 너무 바빴기 때문이다. 드디어 얘기할 기회가 왔다. 그 날도 발표회 연습을 하러 가는 날이었다. 초등부 꼬마들이 연극 총연습을 한다기에 갔다. 봐 주고 칭찬해 주고, 노래패 아이들 노래할 때 박자 저어 주고, 웃게 해 주고, 여간 어려운 게 아니다. 하지만 행복했다. 아이들 하나하나가 날 인정해 주는 느낌이 있었기에…….

또 풍물패 연습을 하러 가야 했다. 연습 전 시간이 조금 있었다. 저녁 시간이었기 때문에 공부방에서 저녁을 먹었다. 슬그머니 애니메이션 얘기를 꺼냈다.

"이모, 나 우리 삼촌이 애니메이션 학원 보내 준다는데 다닐까요?"

"애니메이션? 그게 뭔데?"

"어흐, 웬일이야. 애니메이션을 모르다니!"

"아니, 그게 아니라, 왜 갑자기 애니메이션을 한다고 하냐고."

웃으면서 얘길 시작하니 마음이 놓였다. 그리고 그 날 삼촌이 왔던 일을 얘기했다. 얘기 도중 큰이모가 들어오셨다. 밖에서 다 듣고 계셨던 모양이었다.

"정희야, 네가 돈 벌어서 해. 제발……. 차근차근 하라구."

눈물이 나올 것만 같았다. 가슴이 아팠다. 그냥 예상했던 대답이었는데 뛰쳐나가고 싶었다. 물론 날 위해 막는 거겠지 하며 참으려 했지만 미칠 것만 같았다.

내가 하고 싶어하는 일을 내 스스로 찾은 것이었다. 풍물도, 그림도. 그리고 취업의 길도 있었다. 내가 지닌 짐. 내 집에 바쳐야 할 생활비. 경제적인 문제도 해결되리라 믿었다. 내가 하고 싶은 걸 하면서. 그런데 아니다. 내 욕심을 눌러야 했다. 할 수도 있었다. 하지 않았다. 기대도 컸던 만큼 실망도 컸다. 기분이 안 좋은 상태로 시간이 흘렀다.

다음 날이 최종 연습일이어서 그 날도 이것저것 준비할 게 많았다. 아직 마무리되지 않은 연극 소품들을 완성하기 위해 학교 끝나자마자 공부방엘 가야 했다. 하교를 하고 옷을 갈아입은 후 공부방엘 갔다. 공부방 아이들의 아빠들이 만들어 주신 평상 위에서도 발표회 준비가 한창이었다. 전시해야 할 사진들, 그림들의 최종 마무리 작업을 하고 있었다. 공부방 동훈이 삼촌도 연극 때 쓸 전화를 만들고 계셨다. 동훈이 삼촌은 미술을 사랑하는 삼촌이다. 내가 중등부 때 취미 교실 미술부를 맡으시고 그 때부터 삼촌이랑 같이 미술부를 했다. 난 미술부 고정 멤버.

평상 위에 앉아 잠시 쉬고 있는데 평소에 말이 별로 없으시던 동훈이 삼촌이 갑자기 얘길 꺼내셨다.

"정희야. 너 고갱이라고 아냐?"

"예. 인상파 화가였잖아요."

"뭘 그렸는 줄 알아?"

"글쎄요. 잘 모르겠는데요."

"아! 그 사람 은행가였잖아요."

옆에서 전시회 때 쓸 사진 붙이고 있던 이모가 끼어들었다.

"어. 대단히 촉망받고 유능한 화가였대. 고흐 직업이 뭐였지?"

"선교사? 목사 되려고 했잖아요. 탄광 마을에 갔구요."

중 2 때부터 고흐를 좋아했던 난 자신 있게 말했다.

"그래, 맞어. 거기 가서 '감자 먹는 사람들' 그렸잖아. 고갱도 오지에 가서 그린 그림이 있어. 그 사람이 왜 갔는지 아냐?"

"……."

"돈 벌러 갔던 거래. 관광 산업 때문에 돈 벌 수 있을 거라고 해서. 그리고 고갱이랑 고흐랑 같이 살았잖아. 왜 같이 산 줄 알아? 둘이 공동체를 만들려고 같이 산 거래. 그렇지만 고갱은 고흐를 떠났어. 고갱은 너무 계산적이었고 고흐는 너무 인간적이었던 거야. 고갱은 그걸 견디지 못하구 고흐를 떠난 거야."

한참 동안 말이 멎었다. 의도가 뭐였을까? 동훈이 삼촌은 그냥 이런 말을 할 사람이 아니었다.

공부방에서 아이들이 쏟아져 나왔다. 정신이 없었다.

"삼촌, 빨리 안 해요?"

"차가 와야 가지. 합판 사러 가려면 차가 있어야 하는데."

"아이! 진짜 뭐예요! 삼촌이 먼저 소품 만들고 있겠다면서요!"

"그래서 전화 박스 만들었잖아!"

"언제는 12시부터 하고 있겠다면서……."

눈을 돌리는 순간 큰삼촌의 덜덜거리는 차를 노리고 있는 동훈이 삼촌의 눈빛이 보였다.

"정희야, 우리 저거 타고 가 볼까?"

우린 대충 차 안을 살피고 합판이 들어갈 수 있겠다 싶어 차를 타고 나왔다. 무지 덜덜거렸다. 썰렁했다. 나두 말이 별로 없는 편이고 삼촌도 그런 편이어서 조용했다. 그래도 어색하진 않았다. 합판을 사고 오면서 우리가 일 주일에 한 번씩 하는 판화 교실 얘기를 하면서 왔다.

합판과 스프레이 페인트를 가지고 도서실로 올라갔다. 합판을 이리저리 대보고 자리를 잡았다. 조금 쉬려고 도서실 앞마당 그늘에 걸터 앉았다.

"정희야, 너네 취업 좀 들어오냐?"

"글쎄요. 별로 없어요."

"그림은 계속 하고 싶어?"

"그럼요."

"아까 내가 고흐 얘길 했잖아. 고흐가 그 곳 탄광 마을 생활을 하면서 보고 괴로워했던 것들이나 그 곳에서 나온 그림들을 봐 봐. 고갱의 그림을 보면 고흐 그림만큼의 감동이 없어. 고흐의 그림을 보면 아무것도 모르는 사람도 감동을 느낄 수 있어. 지금 미술계에서도 봐 봐. 똑같은 시대에 훌륭한 화가들이지만 고흐만큼 고갱의 그림을 인정해 주진 않아. 그 이유가 뭔 거 같으니? 진짜 다큐멘터리 하는 사람들은 그 사람이 찍고 싶은 곳에서 한 1~2년 살아 보고 몇 장의 사진을 남기곤 해. 이유가 뭐겠냐? 그만큼 사람에 대한 이해가 깊어야 뭘 해도 되는 거야. 그러기 위해선 물론 책도 많이 읽어야 하고 경험도 많아야지. 네가 지금 그림을 그린다고 해서 한다구 쳐. 그건 그냥 기술일 뿐이야. 그 그림이 살아 있는 그림이 될 거라곤 생각하지 않는다. 개인 기업이건 중소 기업이건 사람들을 만나는 게 중요한 거야. 느끼고 부딪히고 이해해야 한다구. 많이 힘들어하지 말고 천천히, 천천히 생각해."

한참을 그 자리에 앉아 고갱과 고흐를 생각했다. 고흐가 탄광촌에 들어가 그 사람들을 보며 괴로워했던 모습들. 내가 중 2 때 막연히 고흐의 그림을 보고 고흐에게 빠져 버린 이유도 알 것 같았다. 그래. 천천히, 천천히 생각하자. 아직 난 아주 어리니까.

고갱과 고흐.

고갱과 고흐 중 어느 한 사람을 택하라면, 가난하고 어려웠지만 인간에 대해 고통스러워하고 너무나 괴로워했던 고흐의 삶을 택해 살겠다. 서로 부딪히며 싸우며…… 그렇게……. (1999년)

내 아픔

강원 고성 거진 여자 상업 고등 학교 2학년 이미형

4월이 된 지 벌써 열흘째다. 짧은 시간이지만 바쁘게 지냈다. 앞으로도 계속 그럴 거다. 수첩에 짜여진 계획을 보면 주말마다 잡힌 약속들이 가득하다. 난 바쁘게 지내고 싶다.

요즘은 머릿속에 무슨 생각이 그리도 많은지, 밤에 잠이 잘 오지 않는다. 생각이 많으면 잠이 오지 않는다고 윤정이가 그랬다. 그런데 난 좀 심하다. 한두 시간 겨우 잠을 자고 학교에 오니까 1교시부터 잘 수밖에 없다. 밤에 잠을 잘 수 없는 불면증, 정말 날 미치게 하는 병인지도 모른다. 난 자고 싶은데 그럴 수가 없다.

얼마 전부터 난 또다른 날 생각하며 산다. 겨울에 눈 수술을 해서 다시 태어날 또다른 미형이를 생각하며 말이다.

하지만 확실한 일이 아니다. 2학년에 올라오면서 처음으로 엄마에게 눈 수술 했으면 한다고 얘기를 꺼내었다. 엄마의 눈시울이 또다시 붉어지는 걸 보며 순간 괜히 했구나 하고 후회도 했다. 크나큰 문제는 돈이 많이 든다는 거다.

내 한쪽 눈동자의 초점이 잘 안 맞아 사람들은 날 보고 딴 데를 본다고 오해를 한다. 어렸을 때는 몰랐지만 철나면서 많이 울고 속상하고 정말 힘들었다. 그런데 그건 지금도 마찬가지다. 그래서 예전엔 사람 만나는 게 두려웠다. 지금은 나 나름대로 내 모습에 대한 또다른 자신감을 가지고 있으니까 두려울 것은 없지만 수술해서 정상이 되었으면 좋겠다.

엄마가 올 겨울 방학 때는 무슨 일이 있어도 하자고 하시지만 너무나 죄송하기만 하다. 엄만 남몰래 또 숨어서 우셔야만 했다. 엄마가 그 얘기 꺼낼 때면 목소리가 떨리신다. 난 얼른 화제를 바꾼다. 하늘이 무너질 것 같다. 어릴 적부터 친구들에게 따돌림이나 받지 않을까, 성격이 삐뚤어지지는 않을까 걱정하시는 엄마가 불쌍하다. 그래서 난 엄마가 걱정 안 하시게 학교에서 있었던 일을 거의 다 얘기한다. 그리고 내겐 엄마만큼이나 친구들이 소중하다. 지금까지 내가 내 아픔을 참고 견디어 온 건 엄마와 그리고 친구들 덕이다. (1996년 4월 10일)

파란만장했던 내 어린 시절

강원 고성 거진 여자 상업 고등 학교 2학년 김영희

나의 어릴 적은 파란만장했다. 엄마 말씀으로는 여섯 살 때쯤 집에 있는 물이란 물은 내가 다 만졌다고 하신다. 엄마가 명태를 사러 가셨다 돌아오면 항상 손에 물이 묻어 있다고 하셨다. 그래서 겨울에는 동상에 걸릴 뻔했다고 하신다. 아버지는 약주를 좋아해서 술 드시느라고 내가 물장난을 하는지 접시를 깨는지 관심이 없으셨다. 그래도 그 때가 좋았다. 그 땐 가족들이 한군데 모여 살았기 때문이다.

여덟 살 때 초등 학교 1학년에 들어가서 처음으로 학교라는 공동체 생활을 하게 되었다. 오빠들이 셋이나 되는 난 항상 오빠들과 함께 학교에 걸어다녔다. 오빠들은 나를 데리고 다니기 싫었는지 항상 일찍 가려고 하고 그러면 나도 오빠들의 뒤를 졸졸 따라 일찍 학교에 갔다. 엄청 찐드기였다고 한다.

3학년 1학기 때였을 것이다. 아버지가 나를 만나려고 거진에 오셨다. (아버지는 어머니와 사이가 좋지 않아 고향인 홍천으로 내려가셨다.) 나는 아버지를 보자마자 울었다. 그 때 아버지는 무척 초라해 보였다. 그런 나를 보신 아버지도 나를 붙잡고 우셨다. 그 날이 어머니와 아버지가 이혼한 날인 걸로 기억한다. 잘은 모르지만.

4학년 1학기 때였다. 오빠들이 모두 울었다. 학교에서 돌아온 나는 영문도 모르고 같이 따라 울었다. 그 날이 아버지가 세상을 떠나신 날이었다. 큰오빠는 군대 복무를 다 마치지 않은 채로 제대를 하고 집으로 돌아왔다. 그 땐 할머니 집에서 생활했는데 아버지가 돌아가시기 전에 할머니 동네에 붙어 있던 우리 집을 팔았기 때문이다.

큰오빠는 군대에서 오자마자 홍천으로 떠났다. 아버지를 홍천에 묻고 그 곳에서 생활하려고 했다. 난 아버지가 돌아가셔도 가 보지 못했고 아직까지 성묘 한 번 아니, 고향을 한 번도 가 보지 못했다. 지금도 가 보고 싶은 마음은 굴뚝같으나 시간 여유가 없다. 학교를 다녀야 하기 때문이고 방학 때는 화상을 치료하기 위해 병원을 다녀야 했기 때문이다.

아버지가 돌아가시고 나서 5학년 때였다. 나에게 힘든 일이 하나 더 일어났다. 어머니가 좋아하는 분이 생겼다. 한마디로 새아버지가 생긴 것이다. 오빠들은 새아버지를 싫어했다. 친아버지의 얼굴을 모르는 것도 아닌 상태에서 새아버지를 받아들일 수 없었나 보다. 나도 싫었다. 그러나 어머니의 행복 때문에 우리 식구는 어쩔 수가 없었다.

그렇게 새아버지와 같이 생활한 지 1년이 지난, 내가 6학년 때 외할머니가 돌아가셨다. 임종을 내가 곁에서 보게 되었다. 그 날은 투표하는 날이었다. 외할머니가 투표를 마치고 집에 돌아오셨는데 너무 덥다고 하셨다. 그러면서 옷을 벗으셨는데 그 때부터 할머니는 거품을 뽑고 숨을 가쁘게 쉬기 시작했다. 나는 어쩔 줄 몰라 동네 어른들을 불렀다. 어른들이 오시고 나는 어머니를 찾아나섰다.

몇 시간이 지난 후 어머니가 급히 오셨다. 어머니는 할머니를 보시자마자 울기 시작했다. 의사 선생님도 가망이 없다고 하셨다. 어머니는 눈물을 감추고 할머니 옆에 앉아 간호하기 시작했다. 그러나 다음 날 새벽에 할머니는 돌아가셨다. 그 날은 울음바다였다. 그렇게 초등학교 시절 두 번의 죽음이 우리 집을 덮쳤다.

나에게 큰 시련이 또 하나 있었다. 그건 내게 일어났다. 6학년 1학기 여름 방학 때 집에서 가스가 샌 걸 모르고 동생이 가스 불을 켰다. 집에 불이 붙었다. 난 동생들을 집 밖으로 내보내고 가스 밸브를 잠근다고 집으로 들어갔다가 불이 나한테 옮겨 붙어 큰 화상을 입게 되었다. 그 사건 이후로 난 아직도 병원 신세를 진다. 화상이 심해 6년이나 지난 지금도 상처가 낫지 않았다. 6학년 2학기 때는 아예 학교를 다니지 못했다. 1년을 병원에 있었다.

그러나 난 학교를 가고 싶었다. 그 때도 걸음을 걸을 수 없는 상황이었으나 중학교 입학식 때는 가고 싶었다. 그래서 아픈 다리를 이끌고 학교에 갔다. 그런 나를 보고 어머니는 악바리라고 하시지만, 그 때 중학교를 다니지 않았다면 난 영영 걸어다니지 못했을지도 모른다. 지금 생각하면 나도 참 정신 나갔다. 그 첫날 학교 갔다 오고 다리에서 엄청난 피가 흘렀는데 다음 날 학교를 또 갔으니! 어머니는 날마다 내 다리를 보시면서 울었다. 그러면 나도 모르게 눈물이 흘러내렸다.

하지만 지금은 어머니도 나도 웬만하면 울지 않는다. 어머니가 울면 내 자신이 초라하고 더 불쌍하다는 걸 어머니가 아시는지 요즘은,

"너, 그 때는 무식했어. 나와서 가스 통 밸브 잠그면 됐는데 그걸 모르고 사서 고생이야."

하며 웃으신다.

이렇게 나의 어린 시절은 파란만장하면서도 슬픔이 줄을 이었다. 하지만 지금은 행복하다. 내가 사랑하는 가족들이 한 곳에 모여 살 날이 멀지 않았기 때문이다. 홍천에 있는 큰오빠, 안산에 있는 둘째 오빠, 막내오빠가 집으로 돌아오기 때문이다. 빨리 그 날이 왔으면 좋겠다. (1996년 4월 5일)

구속

인천 선화 여자 상업 고등 학교 3학년 김수연

나는 태어난 순간부터 불행했다. 어머니가 그러는데 난 태어나고 며칠 후에 외가로 보내져 3년이나 지냈다고 한다. 단지 여자로 태어났다는 이유 하나 때문에…….

어렸을 때 난 이쁘지 않았다고 한다. 할머니는 항상,

"지지배로 태어난 주제에 얼굴도 못생겨서 어따 써 먹을꼬. 쯔쯔……."

그렇게 지내온 지 몇 년 후 초등 학교에 입학하였다. 학교라는 곳에 다니기 시작할 때 난 억압이란 것을 알았다.

초등 학교 6년 동안 어머닌,

"수연아, 너는 대학에 들어가야 하니까 열심히 공부해라."

잊을 수 없는 말이다. 그럴 때마다 난,

"네……. 열심히 할게요."

어머닌 내가 만화나 인형 놀이를 하고 놀면 못 하게 하시고 그 나이에 도저히 이해 못 할 뉴스나 다큐멘터리 혹은 동화책을 읽으라고 강요하신다. 이런 것은 아무것도 아니다.

"공부해라. 예습, 복습 철저히 해야지?"

"네……."

그러나 난 초등 학교 때 공부를 못 했다. 내가 초등 학교 6년째 되던 해 아버지가 말했다.

"수연아, 넌 대학이 네 인생의 목표인데 이렇게 신경을 안 써도 되는 거냐? 동생보다 공부 못 하는 누나가 어디 있어? 동생 보기 부끄럽지도 않냐?"

"네……. 아버지, 다음부턴 열심히 할게요."

이 말을 하면,

"넌 그 말밖에 모르냐? 말보다는 행동이다. 가서 공부해라. 엉뚱한 장난 하지 말고."

그 때부터 6시 30분에 일어나 졸린 상태에서 예습을 한다. 말만 예습이지 내 머릿속은 증오, 미움, 그런 것밖에 생각나지 않는다.

학교 생활이 끝난 후 내 또래 아이들은 놀이터에서 시소, 미끄럼틀, 고무줄놀이, 공기놀이를 하는데 나는 집으로 곧장 가야 한다. 조금만 같이 놀다 늦으면,

"수연아, 공부할 시간도 없는데 놀다 들어오니? 공부해라. 공부, 공부, 공부……."

미칠 것 같다. 아니, 미치고 싶었다.

6학년 때 소위 질 나쁜 아이들과 어울리게 되었다. 몇 주 동안은 정말 신이 나게 놀았다. 배치 고사, 보충 수업이란 말을 하고선, 롤러스케이트 장 가서 롤러스케이트도 타고 그 아이들이 소개시켜 주는 다른 초등 학교의 남자 아이들이랑도 놀고…….

놀다 보니 돈이 필요했다. 그 때 롤러 장 한 번 가는데 천삼백 원 하였다. 우리 집엔 돼지 저금통이 있는데 난 젓가락 한 짝을 이용해 동전을 꺼내 썼다. 왠지 흥분되었다. 그런데 이 행복감도 잠깐이고 어머니가 눈치를 챘다.

그래도 어머닌 내가 가엾어 그런지,

"수연아, 아빠한테 혼나면 어쩔려구 그러니? 다신 그러지 마라. 그런 애들도 만나지 말고."

난 항상 대답을 알고 있다.

"네······. 다시는 안 그럴게요. 잘못했습니다. 어머니."

그러면 어머니는 뒤돌아가신다.

초등 학교 6학년 겨울 방학 때, 어머니 말을 어기고 난 더 큰 일을 꾸몄다. 그 애들이랑 다시 어울리고 이젠 물건을 슬쩍하기 시작했다. 학용품, 옷, 먹을 것······. 근데 이번엔 왠지 찜찜했다. 잘못하고 있다는 걸 알게 되었다. 난 그 애들에게,

"이젠 그만 할래. 이거 왠지 할 게 못 되는 거 같아. 너희도 그만 해."

그 날 나는 친구들한테 맞았다. 머리, 배, 다라, 가슴······. 너무 아팠다. 집에 가니 어머니가 놀라시면서,

"어디서 이랬니?"

"학원 다녀오다 깡패를 만나서 흐흑······. 무서워, 엄마."

내가 생각해도 배우만큼 연기를 해냈다. 그런데 이건 내 실수였다.

초등 학교 졸업 후, 엄하지만 예쁜 교복을 입는 중학교에 입학했다.

"엄마, 학원 이제 다른 데로 옮겨야겠지. 중학교에 입학했으니까."

"수연아, 오늘부터 일 주일에 네 번씩 집으로 오시는 과외 선생님을

알아봤다."

미칠 것만 같았다. 조금이나마 내 숨구멍이 되어 준 '학원'이란 장소마저 빼앗겨 버리다니. 내겐 일요일이란 단어가 없었다. 아버지는 항상,

"일요일은 가족끼리 있어야지 어딜 나가?"

난 항상 일요일엔 책을 읽거나 음악을 듣는다. 내가 독서에 취미가 생긴 건 아마도 이런 자유롭지 못한 곳에서 학원이란 숨구멍도 빼앗겨 버리고 새로 찾은 숨구멍일지도 모른다.

아버진 내가 책을 읽으면,

"그래, 열심히 보거라. 나중엔 공부하느라 책 읽을 시간조차 없을 거다. 어머니가 너 읽으라고 문학 전집 사 오셨으니까, 그럼 꾸준히 읽어라."

"네…… . 이 책 무척 재미있네요. 교훈적이에요."

이렇게 말하면 내 방에서 나가신다.

평일엔 집—학교—집. 이것이 내 일과다. 자유 시간이라곤 찾아볼 수도 없다.

즐거운 중학교 1학년 봄 소풍. 우리 학교에선 송도 유원지로 갔는데 3시에 해산하였다. 친구들이 더 놀다 가자고 했다. 난 망설여졌다.

'그래, 소풍날이니까 괜찮겠지.'

씽씽 돌아가는 놀이 기구, 친구들과의 웃음, '마방진' 해서 진 애들이 라면 사 준 일…… . 너무 재미있었다.

집에 가니 7시. 아버지가 와 있었다.

"다녀왔습니다."

"왜 이렇게 늦었니?"

"소풍이잖아요. 친구들이랑 놀다가…….."

"너무 늦었다고 생각 안 하냐? 여자가 해 떨어져야 들어오냐? 내가 가정 교육을 그 따위로 시키던?"

"아니요……. 잘못했습니다. 다음부터 일찍 들어오겠습니다."

"씻고 공부해라."

"네."

집—학교—집.

드디어 내게 숨구멍이 생기기 시작했다. 내 과외 선생님이 유학을 간다고 한다. 난 기분이 정말 좋았다. 날아가는 기분. 아, 행복해. 2년 만에 느끼는 행복감이었다.

근데 이번에는 학원이 아니라 그룹 과외였다. 그래도 그 선생님 집에 가서 공부하는 거라 나에겐 큰 다행이었다.

하루는 친구들이,

"수연아, 너도 놀러 같이 가지. 넌 한 번도 우리랑 간 적이 없잖아?"

난 학원에다가는 오늘 몸이 안 좋아서 못 갈 것 같다고 거짓말을 했다. 밤거리는 형광색으로 퍼지는 네온 사인, 갖가지 얼굴이 다른 사람들, 길거리에서 음식이나 잡다한 것들을 파는 사람들……. 술 취해서 비틀거리는 사람들까지 내겐 아름다워 보였고 신기해 보였다.

오락실에 가서 하지도 못하는 오락도 열심히 하고, 분식집에서 만든 음식들도 먹어 보고, 옷 가게에 들러 여러 가지 이쁜 옷들을 입으며 패션 쇼도 해 보고. 이 기분 알까?

집에 가니 밖에 어머니가 나와 있다.

"수연아, 학원 안 갔니? 왜 이제 오니? 학원에서 전화 왔다. 집에 들어가면 무조건 잘못했다고 빌어라, 응?"

왠지 더 파랗게 보이는 문을 열고 들어가니 아버지가 날 보며,

"니가 미쳤구나. 지금이 몇 신데 지금 기어들어와? 학원에다 거짓말까지 시키고 어딜 싸돌아다녔어?"

난 야구 방망이로 종아리를 맞았다. 눈물이 났다.

"잘못했어요, 아버지. 두 번 다시 안 그럴게요. 제발……."

그 때 어머니가,

"그만 해요. 저러다 애 죽겠어요."

아버진,

"애 교육 좀 잘 시켜! 지 에미가 저러니 딸년도 어련하겠냐."

난 계속 울었다. 억울했다. 왜 나만 이렇게 살아야 하는지 도저히 이해가 되지 않았다. 죽이고 싶다. 없애 버리고 싶다. 어떻게 자기 자식이랑 부인에게 그럴 수 있을까.

그 다음 날부터 난 다시 '집—학교—집—학원—집'을 시작했다. 그 일 이후 한 가지 변한 게 있다면 끝나는 시간에 아버지가 차로 마중 나온다는 것. 후, 내 중학교 3학년은 최악의 해이다.

'인문계, 인문계, 대학, 대학, 4년제, 인문계, 대학, 4년제'

하루에도 수십 번 듣는 단어……. 내 모의 고사 성적은 120점대였다. 담임 선생님은,

"수연아, 너도 알지? 이 점수 좀 불안하다. 다음 모의 고사 때 보자."

"네……. 열심히 하겠습니다."

그 다음 모의 고사. 난 나름대로 준비해서 시험을 쳤다. 모의 고사 성적표가 나왔다. 근데 도저히 믿을 수가 없었다. 100점대라니…….

담임 선생님은 상고 갈 마음이 없냐고 물었다. 나는 억장이 무너졌다. 이 일을 어떡해야 하나. 아직은 시간이 있지만……. 진짜 상고에 가면 난 어떡해야 하나.

그 날 저녁. 시간이 무척 안 갔다. 아버지 올 시간이 다 돼 가는데…….

'어떻게 말해야 하지? 어떻게 말해야 이해해 주실까…….'

아버지가 오셨다.

"아버지, 저 상고 갈게요."

"너, 제 정신이냐? 상고 가서 대학을 어떻게 가?"

"아니에요. 요즘은 상고 가서 내신 1등급이면 대학에서 특차로 뽑아 가요. 그리고 내신 올리기도 쉽구요. 인문계에서 3년 내내 해서 어중간한 거보다 훨씬 좋잖아요, 네?"

이런 말들을 한 지 몇 주 후, 아버진 겨우 허락을 하셨다.

선생님은 선화 여상을 추천해 주셨다. 난 그렇게 알고 내 생활에 다시 전념했다.

그러나 집안 분위기가 이상했다. 아버지랑 어머니 사이가 예전 같지 않았다. 아버지는 어머니가 집에서 우리 뒷바라지하면서 가사일만 하는 걸 좋아하고, 어머니는 매우 활동적인 걸 좋아하지만 아버지 성격이 하도 이상해서 항상 참고 사신다.

어머니는 ○○○당 여성회의 총무이다. 지금은 아니지만. 여성회에서 설악산으로 놀러 다녀와서 집에 11시 넘게 오셨다. 아버진 어머니가 들어오시기 전에 술을 드셨다. 어머니가 집에 들어오려니까 문을 열지 못하게 했다. 그러더니 10분 후쯤 자기 손으로 문을 땄다.

"니가 애들 엄마냐? 지금이 몇 신데 지금 기어들어와, 쌍."

"수연아, 성연아, 방으로 들어가, 어서."

아버지의 화난 음성. 섬뜩했다. 우린 각자 방으로 들어가 숨조차 쉴 수가 없었다.

"지금이 몇 시야. 그 ×들은 가정도 없냐? 너 가정 주부냐? 애 엄마 맞어?"

어머니는 단 한마디도 못 하신다. 한마디라도 하면,

"이게 어디서 말대답이야. 니가 그렇게 잘났냐, ×××."

앞에 있던 상을 집어던지고 술병을 집어던진다.

"그렇게 집에 붙어 있기 싫으면 나가란 말야, 이년아."

이것보다 더 심한 욕들이 그 사람 입에서 흘러 나온다. 난 그러면 조그마한 수첩에 적는다. 죽이고 싶다. 죽여 버리고 싶다. 저 밥상이 열세 번째…….

이런 상황인데 나랑 내 동생은 나가 볼 수도 없었다. 너무 무서워서……. 아버진 냉장고에서 소주 한 병을 꺼내 드시다 주무시고, 어머닌 깨진 유리 조각들과 아무렇게나 나둥그러진 반찬……. 부러진 상다리……. 난 그 때야 문을 열고 슬며시 다가간다.

"엄마, 걱정 마……. 내가 무슨 수를 써서라도 대학 들어갈게. 그리고 저 아버지란 사람이랑 엄마랑 이혼시킬 거야. 엄마, 나랑 살 거지? 미안해……."

아버진 다음 날도, 그 다음 날도, 아침도 안 들고 그냥 나가신다. 그럴 때마다 우린 더 숨이 막혔다. 집에 오면 술만 드신다. 그리고 배고프면 라면을 손수 끓여 드신다.

며칠 후 기분이 풀리면 그 땐 어머니가 아무런 반응을 안 보이신다. 그러면,

"씨발, 니가 그렇게 잘났냐? 내가 그렇게 만만해 보여?"

이렇게 또 시작된다. 그러면 동생과 난 각자 방으로 말없이 들어가 숨죽이고 아버지의 폭언을 또 듣는다.

그 다음 날 신문 광고에서 01410 통신 접속 번호를 알게 되었다. 그 날부터 난 피시 통신을 하게 되었다. 컴퓨터 공부를 한다 하고, 공부 내용은 갈무리시켜 놓고 난 채팅을 한다. 아버지가 그만 자라고 하면,

"아직 자료가 덜 왔어요. 그리고 자꾸 다운이 돼서. 조금만 있다가 잘게요."

하고 대답하면서 난 열심히 타이프를 친다. 상대방과 즐거운 대화를 나누면서 파란 화면에서 난 나와 닮은 꼴을 찾았다. 어쩐지 나랑 얘기도 잘 통해서 우린 다음 날 전화 통화를 했다. 정말 좋은 아이였다. 며칠 동안 정말 재미있었다.

일요일이다. 내가 잠시 심부름 간 사이에 그 아이한테 전화가 온 모양이다.

"어떤 남자 애한테 전화가 왔는데 목소리가 좀 기집애 같더라. 니가 없어서 정중하게 대해 줬지만 누구냐? 머리에 피도 안 마른 것들이 벌써 전화질이냐?"

'따르릉 따르릉 따르릉.'

제발 그 아이가 아니길……. 내가 전화를 받으려 하니 아버지가 이 애랑 연락하지 말라고 하면서 전화기를 집어 들었다.

"여보세요. 네. …… 수연이네 집인데요. …… 너 누구야? 몇 학년 인데 전화질이야? 다신 전화하지 마!"

내 얼굴이 벌겋게 달아오를 정도의 심한 말. 정말 괴로웠다. 아버지한테 혼나는 것보다 그 애한테 미안하고 창피하고, 이런 모멸감 역시

처음이었다.

아버진 날 보고,

"이 자식 어디서 만났어? 몇 번이나 만났어?"

하고 다그쳤다.

"만난 적 없는데요?"

"근데 어떻게 전화질이야. 너도 아무한테나 전화 번호 가르쳐 주냐? 만나지도 않았는데 전화 번호를 어떻게 알아?"

"컴퓨터 통신으로……."

그 말을 들으신 아버진 컴퓨터 본체를 집어 드시더니 '바직…….'

'죽여 버리고 싶어. 이 사람 정말 내 아버지야? 죽이고 말 거야. 언젠가는…….'

내 생각이 끝나기도 전에 이어지는 설교……. 눈물이 쏟아져 흐르니 세수를 하고 오랜다. 세수하고 다시 앉으니 또 설교……. 차라리 때리지……. 설교 듣느니 차라리 맞는 게 낫지……. 그 후론 전화가 와도 내가 받지 못하고 내가 있어도 통화하지 못했다.

학교에서 아이들은 그 전날 텔레비전 본 걸 열심히 떠든다. 난 그러나 항상 듣고만 있다. 본 것이 없으니……. 몇 명한테만 들어도 그 내용을 다 파악할 정도이다.

엠비시 드라마 '사랑을 그대 품 안에'가 방영될 때 우리 집에서는 드라마의 '드' 자도 구경하지 못한다. 친구들 이야기를 듣고 나도 정말 보고 싶었다.

난 그 날 저녁 울면서 빌었다.

"이것만 보여 주시면 중간 고사 잘 볼 테니 제발 보여 주세요, 네? 네?"

어머니까지 도와 주셨다. 아버진 작은 목소리로,

"어디 두고 보자."

허락은 받았지만 내 얼굴이 붉어졌다.

표정 변화가 심하자,

"이런 드라마가 애들 교육 망쳐요."

하시면서 다시 채널을 돌리신다. 난 채널을 돌려서 보고 싶었지만 그 자리에서 일어나 조용히 내 방으로 들어갔다.

그 다음 날부터 어떡해야 드라마를 볼 수 있을까를 생각했다. 그러고 보니 아버진 술을 드시거나 잔머리를 뽑아 드리면 곧잘 주무신다. 그 날 저녁, 동생이 아버지 잔머리를 뽑아 드리니 스르르 주무신다. 동생이랑 난 40여 분 동안 숨죽여 드라마를 본다.

그 땐 그 드라마와 주인공들이 왜 그리 멋있고 못 보면 그렇게 슬펐는지는 지금도 모른다. 난 차인표가 너무 멋져서 그의 브로마이드를 사서 내 방에 붙여 놓았다.

그러나, 다음 날 아침 일어나 보니 붙여 놓은 사진은 어디에도 없었다. 아버지가 다 떼어 버리신 거 같다. 눈물이 날 것 같았다.

아침 식사 때 아버지는,

"니가 지금 그깟 연예인한테 신경 쓸 나이냐? 그딴 것 할 시간에 영어 단어 한 자라도 더 외우고, 어떻게 하면 좋은 대학에 들어갈지 생각해라. 그 돈으로 책을 사 보든 문제집을 사면 좀 좋아. 니 목표는 대학이다. 딴생각 하지 마. 텔레비전이 애를 다 버려요."

더 이상 밥이 목구멍으로 넘어가지 않았다.

'난 연예인도 좋아하지 못하나요? 왜 그렇게 대학, 대학 강조하세요? 대학이 인생의 전부는 아니잖아요? 대학 안 나오면 굶어 죽기라도 하나요? 제가 불쌍하지 않으세요? 그렇게 구속하시면 기분 좋으세요?

내 마음 속엔 이런 말들밖에 생각나지 않는다.

난 하굣길에 차인표 사진을 또 보게 되었다. 왠지 사고 싶었다.

그러나 벽에 붙였다간 또 무슨 소릴 들을지 몰랐다. 그래서 난 옷장 안에 붙여 놓았다. 왠지 오랜만에 자 보는 편안한 잠자리였다.

아침인가 보다. 아버지가 날 깨운다. 그러나……. 아버지 손엔 내가 어제 산 사진이 쥐여 있었다.

갑자기 그 사진을 갈기갈기 찢으시면서,

"내가 이런 거 붙이지 말랬지? 넌 사람 말이 말같이 안 들리냐?"

"죄송합니다. 다음부턴 안 그럴게요."

그 날 저녁 나는 두 번째 외출을 시도했다. 집에다간 오늘 환경 심사 때문에 아마 8시나 9시쯤에 들어올 것 같다고 말해 두었다. 그리고 예전 초등 학교 때 애들이랑 돌아다녔다. 삼촌이 사 주신 세무 가죽 잠바에 검은 면바지…….

그러나 그 애들이랑은 금방 헤어지고, 난 한강 고수부지로 향했다. 소리도 지르고, 비둘기 모이도 사서 뿌려 주고, 자살 대교라 칭하는 한강 대교로 걸어갔다. 그 때 나도 죽고 싶었다. 아버지의 구속, 내 능력에 비하면 너무 먼 대학…….

그러나 그 때 떠오르는 어머니의 얼굴……. 날 그래도 제일 이해해 주시는 분……. 내가 죽으면 어머닌 지금도 괴롭고 불쌍하신데 더 형편 없는 삶을 사시겠지.

난 다시 발길을 돌려 집으로 오게 됐다. 운도 없지……. 친구한테 전화가 와서 오늘 얘기가 어긋난 듯싶다.

근데 방에서 걸어 나오시는 아버지…….

"그런 옷 입고 어딜 돌아다녔어?"

난 그 자리에서 잠바를 잃었다. 아버진 손으로 잠바를 찢으신 거다.

"너, 점점 왜 그러니? 부모한테 거짓말이나 살살 시키면서. 이런 옷은 대학 가서나 입어. 이게 학생이 입을 옷이야? 너, 그리고 학교 다닐 바에야 학교 가지 마. 집에서 검정 고시 보란 말이야!"

"잘못했어요. 다신 안 그럴게요. 네? 다신요. 다신 딴생각 안 하고 열심히 공부만 할게요."

아버진 어디 나가시던 길에 날 그렇게 야단치신 거다. 문을 열고 나가시는 아버지.

'왜 아버진 지금 나가시나요? 저한텐 밤에 나가지도 못하게 하시면서…….'

어머닌,

"어디 다녀왔니?"

난 솔직히 대답했다. 그러니까 어머닌,

"수연아, 그런 생각 말고 차라리 열심히 공부해서 대학을 가 봐라. 대학 들어가면 조금은 자유롭지 않을까? 엄마도 있는데 그런 생각 다신 하지 마……."

"어떻게 안 해요. 생각도 못 하나요? 난 생각할 자유도 없나요?"

"대학 들어가면 우리 부산 내려가서 외할머니 모시고 살자."

'옘병, 어딜 가나 그놈의 대학. 그놈의 대학이란 게 그렇게 잘난 곳이야? 그놈의 대학은 항상 근엄한 척 위선을 떨면서 얼마나 더 많은 사람을 희생시켜야 해, 쌍.'

내 방에 들어갔다. 왠지 이 곳만은 공기가 있고 자유가 있다. 식구들이 다 자고 나만 눈을 뜨고 있으면 이 곳은 천국이다. 내 분노와 슬픔, 두려움을 같이 해 준 친구, 그리고 아버지의 잔소리를 잊게 해 주는 시디 플레이어……

중학교 졸업하고 고등 학교에 입학한 난 왠지 부담감만 더해 간다. 수 년째 다니는 입시 학원……. 그러나 수업 시간에 몇 가지 빼고 내 머릿속은 진공관 상태다. 모르겠다. 이래서 어떻게 대학을 갈지. 만일 대학을 못 가면 그 많은 사람들의 시선……

'상고 가서 대학 갈 생각을 하다니, 꿈도 야무지지. 못 갈 줄 알았어.'

지금은 아주 조금은 나아진 기분이 든다. 내가 거의 학원에서 살다시피 하니까. 학원……. 아버지의 구속과 설교에서 도망칠 수 있는 공간……. 집엔 9시에 나가서 새벽 2~3시쯤 들어온다.

아버지는 몇 번 학원 와서 확인하더니 믿으시는 거 같다. 그리고 삐삐를 사 주셨다. 날 더 구속하는 조그만 기계……. 연락이 조금만 늦어도 화를 내신다.

이런 생활을 몇 년을 더 해야 할까?

난 아마도 평생 내 아버지라는 사람을 미워하고 또 미워할 거 같다.

(1997년 7월)

이제는 맘잡아야겠다

인천 운봉 공업 고등 학교 1학년 정현호

나는 1981년 8월 3일에 태어나 막내로, 아버지, 어머니, 형, 나 네 가족이 살고 있다. 국민 학교 때에 나는 그다지 착한 어린이가 아니었다. 나는 어렸을 때 나쁜 일이라도 누군가가 시키면 다 했고, 그 일을 하지 않으면 친구들에게 따돌림을 받았다. 국민 학교는 그렇게 졸업을 하였다.

중학교는 인천 송림동에 있는 ○○ 중학교에 입학했다. 중학교에 와서 국민 학교 때 친구들과 특기생으로 레슬링 부에 들어갔다. 레슬링이란 운동을 하면서 몸은 좋아졌지만 성적이 오르지 않아 부모님이 운동을 못 하게 하여 일 년 육 개월 정도밖에 하지 못했다. 운동을 그만두고부터는 비행 청소년 등과 다니며 담배도 피고, 나보다 어린 아이들의 돈도 뺏고, 매일 가출을 일삼다가 경찰서로 수시로 다니고 중 2 때 큰집(교도소)에 갔다.

큰집에 있을 때 어머니께서 면회를 매일 오셨는데, 울면서 가시곤 하였다. 나도 어머니 앞에서는 눈물을 보이지 않았으나 불효하는 것이라는 것을 느꼈다. 출감하던 날, 어머니께서 두부를 사 가지고 나를 기다리고 계셨다. 나는 그 때 울면서 두부를 먹고 마음을 잡았다.

중 3 때에는 친구들을 많이 사귀어 같이 다녔는데 싸움은 하지만 나쁜 일은 절대로 하지 않는 친구들이었다. 매일 같이 다니고 시험 때면 도서실도 다 함께 가곤 했다. 담배도 끊으려고 노력했지만 도저히 못 끊겠어서 담배는 아직도 피고 있다.

졸업하기 바로 전에 나보다 세 살이 많은 형들과 시비가 붙어서 싸운 적이 있다. 그 때 나는 머리를 의자로 맞아서 머리가 터져 열네 바늘을 꿰맸다. 그 일로 재판을 받고 지금 보호 관찰을 다니는 중이다.

고등 학교는 인문계에 가려고 했는데 성적이 떨어져 ○○상고에 갔다. 한 달 정도는 그럭저럭 다니다가 적성이 틀려서 운봉으로 전학을 왔다. 처음에는 서먹서먹하던 친구들과도 지금은 많이 친해졌고 앞으로도 학교 생활에 충실할 것이다. 지금도 어머니와 텔레비전 보면 나에게 "너는 절대로 싸우면 안 된다."고 당부를 하신다. 그 때 나 때문에 집을 두 번이나 이사를 가야 했다. 변호사와 합의금 때문이었다. 처음에는 아버지가, 남자는 한 번 그럴 수 있다고 하시면서 약속을 했는데 또 큰집에 가게 되었다.

중학교 2학년 때 학교 폭력으로 가서 3개월을 살고, 중 3 때에는 집행 유예가 끝나지 않아서 6개월을 살았다. 학교는 어머니가 사정을 해서 짤리지 않았다.

교도소에 들어가니 나와 같은 또래들도 많이 있고 형들도 많이 있었다. 처음에는 신입생이라서 나보다 나이가 어린 아이들에게도 존댓말을 쓰고 심부름도 하고 그러다, 일 주일째 되던 날 꼴통을 펴서 그 방의 왈왈이(대장)가 되었다. 매일 면회를 나갈 때면 꼭 영화에서처럼 "형님, 다녀오십시오." 하고는 했다. 3개월째 되던 날 창원 감별소로 이송되었는데 그 반에서도 꼴통을 펴서 대장이 되었다. 감별소에서는 교도관을 선생님이라고 불렀는데 선생님들이 선도부 조건으로 4개월째에 출감을 시켜 주었다. 그 때 허벅지에 장미 문신을 새겼다. 아직도 어머니께는 문신을 보여 주지 않았다. 아무리 더워도 꼭 긴바지를 입고 있다.

출감 후 나는 진짜 착실히 살고 있다. 예전에는 나를 무시하면 혼을 내 주었는데 지금은 내가 애들에게 맞고 다닌다. 이제는 맘잡고 꼭 전문 대학이라도 가야겠다고 다짐했다. (1997년)

어제 결석한 배경

인천 제물포 고등 학교 2학년 김진석

선생님, 이제부터 제가 말씀드리는 것은 전부가 다 사실이니 다소 지루하시더라도 끝까지 읽어 주십시오. 우선 제가 빠지게 된 배경을 말씀드리는 것보다는, 저희 집안을 이해하신 후에, 빠지게 된 배경을 들으셔야지 아시게 될 겁니다.

그러면 이제부터 저희 집안을 말씀드리겠습니다. 저는 어려서부터 너무나도 끔찍한 경험을 많이 했습니다. 저희 부모님께서 할머니와 막내 고모님께 했던 온갖 나쁜 것들을 말이죠. 이제부터 제가 말씀드리는 것 중에는 제가 직접 본 것도 있고요, 제가 아주 어렸을 때의 일들은 할머니한테 주로 들었습니다. 하지만 어쨌든 간에 다 사실이니 잘 들어 주세요.

저희 어머니께서 들어오시기 전에는 할머니와 아버지께서는 행복하게 잘 사셨습니다. 할머니께서는 아버지가 큰아들이셨기 때문에 다른 자식들에 비해 저희 아버지한테 더 잘 해 드렸죠. 저희 어머니는 살림을 전혀 못 하셨어요. 결국 집안일을 할머니께서 다 하시게 됐죠.

저희 어머니는 남의 물건을 잘 훔치는 기질이 있으셨어요. 그래 가지고 집 안에 있는 돈을 몰래 가져가 놓고서 애꿎은 할머니와 막내 고모에게 누명을 씌웠죠. 그래서 아버지한테 억울하게 당하기도 하셨어요. 한번은 이런 적이 있었어요. 집 안의 돈을 엄마가 가져갔는데 그 누명을 막내 고모에게 씌웠어요. 그래서 고모는 당연히 억울하셨죠. 결국 아버지는 잔인하게도 막내 고모의 옷을 몽땅 벗기시고 고모의 그 가운데를 벌려 돈이 있나 없나 확인까지 하셨어요. 하지만 어머니께서는 돈을 빼돌린 것이 들킨 적도 있구요.

제가 어렸을 때, 할머니께서 저를 등에 업고 부엌을 닦고 계셨어요. 그런데 뒤에서 어머니께서 칼로 할머니를 찔러 죽이려고 하셨죠. 그때 저희 친척 누나가 그것을 발견하고 소스라치게 놀라서 큰고모에게 그 얘기를 하셨죠. 그러자 큰고모께서 화가 나서서 뭐라고 하셨죠. 그러자 아버지께서는 라디오 카세트 어느 부위로 큰고모의 머리를 쳤죠. 그러자 고모 머리에 피가 나서 머리를 꿰맨 적이 있었어요.

저희 할머니께서는 저희 부모님께서 들어오라 하시면 억지로 들어가시게 되고 나가라 하게 되면 나가셨어요. 저희 할머니께서는 마음이 너무 착하셔서 부모님께 안 좋은 일을 당해도 잘 참아 넘기셨죠.

한번은 이런 일도 있었어요. 부모님 중에 어떤 한 분이 저희 할머니한테 석유를 끼얹었어요. 저는 그 때 할머니랑 같이 있었기 때문에 제 눈에 석유가 들어갔어요. 그 때 눈이 많이 따가웠죠. 세상에, 그 때 어머니는 옷을 잘 빼입고 밖을 나갔어요. 할머니께서는 석유가 묻은 채로 엄마를 잡으러 갔죠. 그 이후로 잘 생각이 안 나요. 하지만 그래도 저희 할머니께서는 참고 넘어가셨어요.

할머니와 막내 고모께서 한때 서울에 있는 어느 복덕방에 사실 때였어요. 저는 그 때 인천에 있었어요. 어머니는 아버지 일 나가시면 집에 문 잠그고 저와 제 동생을 밖에 놔 둔 채 어디로 가 버렸죠. 저와 제 동생은 그 때 어렸고 열쇠도 없기 때문에 천상 엄마가 올 때까지 밖에 있는 수밖에 없었죠. 그 때 간혹 할머니께서 절 찾아오셔서 먹을 것을 사 주고 가시기도 했어요. 저녁에 아버지께서 오실 때쯤 되면 저희 어머니께서는 집으로 오셨죠. 저는 할머니랑 같이 있고 싶어서 그 어린 나이에 옷을 싸고 몰래 나오다가 그만 동생한테 들키게 되어서 다시 집으로 붙들려 갔죠. 하지만 나중에 서울 할머니 집에 가 있게 됐어요. 어머니께서는 굳이 가야겠냐고 말씀하기에 저는 간다고 그랬죠. 그래서 서울에서 얼마큼 있다가 나중에 다시 인천으로 왔죠.

저희 할머니와 막내 고모가 인천에서 같이 사셨을 때 이런 일이 있었어요. 저희 할머니와 저와 막내 고모는 '만강'이라는 드라마를 보고 싶었어요. 하지만 어머니는 자기 마음대로 텔레비전을 보기 때문에 결국에 우리는 할머니 방으로 그냥 가게 됐죠. 그 때 무슨 일 때문인지 잘 생각이 안 나지만요, 아버지께서 막내 고모를 때리셔서 고모는 코에 이상이 생기셨어요. 그래서 고모는 두들겨 맞은 채로 밖에 나가셨어요. 고모는 밖에서 전화를 거셔서 할머니한테 "엄마, 빨리 나와."라는 말씀을 하셨죠. 하지만 어느 순간에 아버지께서 전화 코드를 뽑으셨어요. 그 때 저는 할머니와 같이 있었죠. 저는 할머니와 떨어지기 싫었어요. 그 때 아버지께서 저를 들더니 저보고 같이 죽자고 말씀하시더군요. 저는 할머니와 같이 있고 싶다고 말을 했죠. 그런데 아버지께서 갑자기 할머니한테 가서 할머니의 손을 비틀었죠. 그래서 할머니께서는 오른손 엄지와 검지 사이에 이상이 생기게 되었죠. 나중에는 뼈와 뼈 사이에 살이 차게 돼서 그 뒤론 치료도 할 수 없게 되었죠. 그런데 아버지께서는 그 때 할머니 손을 비틀었을 뿐만 아니라 할머니 머리를 계단에 박았어요.

결국 할머니와 저는 택시를 잡아타고 경찰서로 향했죠. 할머니는 그 때 제 정신이 아니었어요. 그래서 제가 어떤 경찰 아저씨한테 그동안 일어난 일을 말씀드렸죠. 그런데 이제 그 아저씨와 할머니께서 대화를 하시는데 그 경찰 아저씨께서, 할머니가 고소장을 쓰시면 저희 부모님은 감옥에 들어간다고 말씀을 하시더군요. 그런데 할머니는 나중에 다시 한 번 그러면 그 때 쓰겠다고 말씀하시고 그냥 나오셨죠. 제가 가끔씩 고소장을 쓰라는 말을 할 때 할머니께서는 제 장래를 위해서, 저 때문에 안 쓰시는 거라고 말씀을 하시더군요. 결국 할머니와 막내 고모는 오산으로 가셨죠.

저도 할머니랑 같이 살고 싶어서 집에서 가출도 밥 먹듯이 했죠. 그러면 일요일에 부모님과 동생이 와서 저를 데려가죠. 그러면 저는 또 가출하고 일요일에 또 데리러 오고 그랬죠.

한번은 아버지께서 저한테 뭐 먹을 거 사 줄 테니 밖으로 나가자고 하시더군요. 그런데 저는 괜히 불안해서 거절했어요. 그런데도 나가자고 하더라구요. 할머니께서도 나가 보라고 말씀하시기에 저는 나갔죠. 나갔더니 아버지는 저를 어느 골목길로 데리고 가셨죠. 그러더니 큰 몽둥이로 저를 때리려고 하면서 "이놈의 새끼, 집에 안 가?"라고 저에게 말을 하더라구요. 그 때 맞았는지 안 맞았는지는 생각이 잘 나지 않아요. 그래서 저는 결국엔 간다고 했죠. 할머니 집에 들어와서 제가 밖에서 무슨 일이 생긴 걸 알고선 저희 부모님께 뭐라고 말씀하셨죠. 그러자 아버지께서는 고모를 구둣발로 걸어차셨어요. 그리고 저희 할머니한테도 무슨 해코지를 할까 봐 저는 "갈게요. 집에 갈게요."라고 말했습니다.

하지만 나중에 또 가출을 했죠. 어떤 때는 다른 집에 숨어 있었던 적도 몇 번 있었죠. 결국 저는 국민 학교 3학년 2학기에 오산으로 전학을 갔죠. 제가 오산에서 살고 있을 때 무슨 이유인지는 잘 생각이 안 나지만 할머니께서 "너 그러면 엄마, 아빠한테 보내 버린다."고 말씀하시더군요. 그냥 하신 말씀인데 저는 엄마, 아빠한테 가기가 싫어서 "학교 다녀오겠습니다." 하고선 밖에 가방을 내려놓고 저는 도망을 갔죠. 엄마, 아빠한테 가기 싫어서요. 할머니께서 절 발견하시더니 보내지 않을 테니까 이리로 오라고, 학교 안 가도 괜찮으니까 이리로 오라고 하시더군요. 하지만 저는 결국 터미널까지 도망와서 대전 가는 차표를 끊었어요. 그런데 다행히도 버스에서 옆에 앉은 어떤 아저씨가 저를 이상하게 여기고선 저를 미아 상담소로 보내셨어요. 한참 있으니까 막내 고모께서 저를 데리러 오셨죠. 막내 고모와 저는 서로 눈물을 흘리며 끌어안았어요. 할머니께서는 그 후 앓아 누우셨어요.

그 후 4학년 1학기 때는 다시 인천으로 전학을 가게 되었어요. 아무래도 중, 고등 학교 때문에 그랬죠. 저희 부모님의 잘못은 지금 얘기한 것말고도 아주 많습니다. 우리 집안 얘기를 책으로 쓰면 몇 권은 될 것입니다.

이제 제가 어제 결석한 배경을 말씀드리죠.

그저께, 저는 다른 날과 마찬가지로 집에 들어갔어요. 그런데 갑자기 어머니께서 제 동생에게 다짜고짜 돈을 내놓으라고 하시는 거예요. 저희 어머니께서는 뭐 같은 거 없어지면 거의 동생을 의심하거든요. 그 때 저희 어머니께서 제 동생을 앉혀 놓고 차분히 말씀하셨으면 이런 일은 없었을지도 모르죠. 그런데 무조건 다짜고짜 동생한테, 다른 사람에게 4만 원 빌린 거라고, 그거 어서 내놓으라고 욕을 하면서 야단을 피우는 거예요.

저는 가만히 있을 수가 없었어요. 왜냐 하면 저도 그렇고 할머니도 그렇고요. 엄마를 인간으로 생각하지 않고 있어요. 거기다가 옛날에 월급을 제 동생이 잃어버렸다고 해서 그 어린 딸을 바깥 길바닥에서 비인간적으로 피투성이가 되도록 동생을 밟고 때렸어요. 주변에 있던 사람들이 욕하는데도 아랑곳하지 않고요. 이런 엄마인데 무슨 호감이 가겠어요.

그래서 제가 나서서 좀 거들었죠. 동생은 자꾸 안 훔쳤다고 하는데도 엄마는 믿지를 않았어요. 제가 좀 뭐라고 하니까 그제야 동생을 앉혀 놓고 돈 얘기를 꺼내더라구요. 그런데 여전히 제 동생은 돈을 안 훔쳤다고 하는데도 자꾸 솔직히 말하라는 거예요. 이 말은 결국엔 제 동생이 훔쳤다고 생각하고, 그것을 동생이 인정하라는 것과 마찬가지잖아요. 처음엔 엄마랑 저랑 실랑이를 하던 것이 점차로 심한 말다툼으로 이어지게 되었어요. 동생이 울면서 말을 했는데도 믿지를 않더라구요.

동생이 저와 엄마가 심한 말다툼을 하는 것을 보자 이렇게 말을 하더군요. 팔을 내밀면서 엄마한테 "차라리 절 죽이세요."라고 말이죠. 그 때 저도 점점 이성을 잃어 가고 있었어요. 그래서 저도 "우리 같이 죽자."라고 말을 하였어요. 그래서 부엌 쪽으로 가려고 하는 걸 엄마가 막았죠. 저한테 뭐라고 하더군요. 저는 말이 더 이상 통하지 않는 엄마를 죽이고 싶었어요. 그래서 저는 칼을 꺼내려고 했으나 결국 하지 못했죠. 자꾸만 그러는 엄마를 저는 너무도 화가 나서 엄마를 몇 대 때렸어요. 물론 저희 부모님께서 할머니를 때린 것에 비하면 천분의 일도 안 될 거예요. 그러기 전부터 저는 실랑이를 벌이고 있을 때 경찰서에 신고하고 싶다는 충동을 느꼈어요. 하지만 전화를 못 걸게 하더군요.

이제 몇 대 때린 후에는 제가 경찰서 얘기를 꺼내니까 어머니께서 경찰서 가자고 하더군요. 제가 몇 대 때린 거 가지고요. 그럼 할머니는 부모님한테 얼마나 심하게 당했는지 생각해 보지도 않구요. 정말로 뻔뻔스러웠어요. 저는 이성을 잃고 엄마한테 반말을 하기도 했어요. 어쨌든 저는 경찰서에 가자는 것이 두렵지 않았어요. 저는 그래서 이렇게 말했어요. "나도 들어갈 테니까 엄마, 아빠도 같이 들어가자." 는 이런 식이었죠. 왜냐 하면 할머니께서 고소장 쓰시면 엄마, 아빠도 들어가기 때문이죠. 저는 그 때 학교 자퇴까지도 생각했어요.

이제 우리는 밖으로 나왔죠. 어머니께서는 동생은 못 가게 하더라구요. 저는 동생을 나가게 하구요. 결국 제 동생이 자기도 나가서 진실을 말하겠다고 나가려고 하더군요. 우리는 엘리베이터에서도 다른 사람이 있는데도 심하게 싸웠죠. 집에서 빨리 나가려고 할 때 절 잡더라고요. 도망가지 말라고요. 저는 도망 안 간다고 했어요. 나와서 제 동생과 저는 앞서 길을 걸어갔어요. 그런데 어느 순간에 뒤를 돌아보니까 어머니가 없더라구요. 집으로 들어갔나 보죠.

저희는 그 길로 곧장 다른 곳으로 갔어요. 그 때는 어디 가서 죽고 싶은 생각이 들었어요. 저는 자살 충동을 여러 번 느꼈는데, 그 때서야 알게 된 거지만 제 동생도 몇 번이나 자살하고 싶었나 봐요. 제가 전부터 동생이 자살 충동을 느끼고 있다는 것은 눈치는 챘지만요. 동생이 학교 몇 층에서 떨어지려고 하는 것을 다른 애가 봐서 자살을 못한 적도 있었어요.

저희는 77번 버스를 타고 동암역으로 갔어요. 동암역에서 저희는 기차표를 끊으러 영등포역으로 갔어요. 가는 도중에 저는 제 동생은 어떻게 해야 할지 모르겠어요. 개봉역에서 내려보내서 친척 집에 가 있게 하려고 생각도 했지만 일단은 영등포역까지 가서 생각해 보기로 했죠. 영등포역에서 저는 마산에 계시는 할머니께 전화를 걸어 이 일을 말씀드렸죠.

결국 저는 제 동생에게 돈을 주면서 너는 집으로 가라고 말했어요. 저는 그 때 혼자 있고 싶었고, 나름대로 이유를 말하고 집으로 보냈어요. 동생이 집에 전화를 걸어 봤는데 아버지가 집으로 오라고 했다는군요. 못 들어가면 데리러 간다고 말이죠.

하지만 저는 그 때 마음의 안정이 필요했어요. 엄마를 또 보았다간 마음이 더욱 안정되기는 어려울 것이고 왠지 혼자 있고 싶었죠. 그래서 제 동생에게 나름대로 저의 마음을 얘기해 준 다음에 하루 정도 마음을 안정시켜 가겠다고요. 물론 어디로 간다는 말은 하지 말라고 했어요.

진주 가는 밤 11시 44분 기차를 탔어요. 가면서 그냥 어디서 내려서 다음 날 학교에 갈까 하는 생각도 해 보았지만 지금 그 상태로 학교에 가 봤자 전혀 소용이 없을 거라는 생각이 들었어요. 그래서 그냥 기차 안에서 있었죠. 그 안에서 자기도 하구요. 다음 날 아침 7시 8분에 진주에 도착했어요. 도착해서 제일 먼저 집에 전화를 걸어 봤어요. 처음에 어머니께서 받으시기에 그냥 끊어 버렸어요. 그러고서 다시 전화를 걸어 보니까 이번에는 아버지께서 받으시더군요. 그래서 저의 생각을 말씀드리고 나중에 들어가겠다고 말했죠. 그런 후에 저는 할머니 집에 전화를 걸어서 나름대로 말씀드리고요.

진주에서 서울 가는 9시 30분 열차표를 끊었어요. 영등포역에 4시 20분에 도착했죠. 집에 와서 보니까 아무도 없었어요. 그런데 어느 순간에 벨 소리가 들리더군요. 어머니였어요. 그 쳐다보기도 싫은 얼굴. 원래부터 어머니는 죄를 지었어도 태연한 척하는 사람이기 때문에 전 정말 싫어요.

어제 저녁 어떤 친구로부터 전화가 왔어요. 같이 만나기로 했죠. 그 친구는 저와는 둘도 없는 친구여서 그 친구랑 긴 얘기를 나누었죠. 그러고서 시간이 늦어서 그 친구 집에서 저희 집에 전화를 거니 제 동생이 받더군요. 그래서 저는 이러이러해서 친구 집에서 자고 새벽에 간다고 말했어요. 그래서 새벽에 택시 타고 집에 가서 볼일 보고 학교에 왔습니다. 이 정도로 그만 줄이겠습니다. (1996년 8월 30일)

내 고민

강원 속초 속초 상업 고등 학교 1학년 김은혜

1995년 11월 9일. 날씨 : 맑지만 거센 바람.

선생님께는 죄송하지만 요즘처럼 살기 싫을 때가 없다. 아직은 어리지만 그래서 더 괴롭기도 하다. 이건 모든 게 사는 거 같지 않다. 원래, 아니 아빠, 엄마의 이혼 전에는 요런 거 상상도 못 했다. 그리고 차라리 이혼하는 게 행복할 거라 믿었다. 그 때는 자꾸 싸우셨으니까. 그치만 지금 역시 행복하지는 않다.

이혼. 언니는 객지로 떠나고 집은 이사하고 엄마는 교통 사고를 당하고 집안은 엉망이 되어 가고. 돈도 없고 결국은 학원도 그만두고 엄마는 병원비 부담이 커서 어쩔 수 없이 퇴원하셨다.

계속 계속 나쁜 일만 생긴다. 이럴 때 제일로 싫은 게, 내 주위에 아니, 나조차도 엄마에게 아무 도움도 안 된다는 거다. 오히려 폐가 된다면 몰라도.

늘 차가운 바람 소리를 들으며 혼자 잠들고, 아침 공기도 혼자 마시며 일어난다. 외로운 건 참을 수 있다. 이미 그로부터 시간이 꽤 지났으니까. 아니다! 이건 거짓말이다! 난 외롭다. 외로워서 미칠 것만 같다. 학교에서는 늘 가식적인 웃음. 진짜는 외로워서 힘들어서 울고 싶어하는 나는 그 어디에도 없다. 나는 바보임이 분명하다. 그럴 거다. 틀림없이.

될 수만 있다면 은행이라도 털고 싶은 심정이다. 돈! 돈이 그렇게 대단한 건가? 이 곳에서 떠나고 싶다. 도피라고 해도 좋고, 비겁하다고 해도 좋다! 갈 수만 있다면 정신 없이. 글을 쓰고 있는 내가 꼭 정신병자 같다. 태어날 때부터 내가 무슨 죄를 지었기에, 엄마나 언니는 또 무슨 죄를 그리도 많이 지었기에 웃으며 행복하게 살 수조차 없는 걸까?

때로는 다른 사람이 다 싫어지기도 했다. 어떨 때는 어린 시절의 나를 저주한 적도 있었다. 목숨이 질긴 나를 때린 적도 있다. 늘 이렇게 깨닫고 또다시 어리석은 행동만 하는 나를, 내 뺨을 내 손으로 때려가며 운 적도 있다.

지금도 창문이 바람에 흔들린다. 너무 정신이 없다. 오늘 학원에서 "집안 사정 때문에 그만둬요."라고 말하고 집에 오는 버스를 탔는데 괜시리 눈물이 나는 거다. 아마 "날씨가 추워서일 거야."라며 나 자신을 달래며 또 울었다.

나는 진짜 바보다. 어서어서 나이가 들었으면 좋겠다. 아님 이 아픔도 괴로움도 영원히 안 없어질 거 같아 나는 무섭다! 치이, 또 눈물이 나려고 한다. 눈물샘은 마르지도 않나 보다!

얼른 어른이 되어서 내게도 능력이라는 게 생겨 최소한 엄마를 보살필 수 있었으면 좋겠다. 다신 엄마 아프지 않게. 언니를 나 때문에 돈 벌러 객지에 안 보내게 됐으면 좋겠다. 만약 언제일지는 모르지만 엄마, 언니, 나 이렇게 셋이 살 수 있게 된다면 그 때는 내가 보살필 거다. 다신 울지 않게 할 거다. 엄마가 나한테 잘못도 안 했는데, 내가 미안한데, 나한테 울먹거리며 미안하다고 말 안 하게 할 거다.

솔직히 싫다. 꼭 이렇게 살아야 하는 거라면. 그 삶을 포기하고 싶다. 그치만, 엄마 울리지 않을 거니까 아니, 울리고 싶지 않으니까 떠나선 안 된다. 내가 힘들어해도 안 된다. 늘 밝게 계시지만 우리 엄마는 참으로 불행하시니까. 딸이라고, 자식이라고 있는 게 도움도 못 되고.

얼른 어른이 되는 약이 있었으면 좋겠다. 중학교 때까지는 남자이고 싶어했다. 새아빠가 아들을 원해서이기도 했고, 두 분이 싸우실 때 (말이 싸움이지!) 매맞는 엄마를 보호하기에 내 두 손은, 내 가슴은 너무나 작았다. 두렵기도 했고. 그래서 머리도 짧게 잘랐다. 남자처럼 행동한 적도 있었다. 가끔은 내가 남자인 줄 알았다. 짧은 머리의 나를 누구나 당연히 남자로 보았으니까. 그런 모습이 차라리 좋았다. 아무짝에도 쓸모 없는 지금의 내 모습보다는.

졸립다. 난 울고 나면 늘 이런다. 바보같이. 밖에 나가 보고 싶다. 찬 바람을 쐬면서 별을 보고 싶다. 그래서, 정신만 차릴 수만 있다면! 남들은 그런다. "아무리 그래도 너는 공부만 열심히 하면 된다. 그게 엄마를 도와 주는 거니까."라고. 그럴 때마다 나는 속으로 외친다.

'당신들이 뭘 알아. 그게 아무리 옳은 말이라도 나한테는 용납되는 말이 아닌걸.'

말로는 누구나 할 수 있다. 그리고 나도 안다. 그런 말들이 그들이 하는 최상의 위로라는 걸. 그러나, 받아들이지는 못한다. 그렇다고 정작 무슨 일을 저지를 용기도 없다. 그래서 내가 싫다. 그래서 이 세상이 싫다. 그래서, 나와 이 세상을 좋게 생각하는 사람이 싫다.

나가 보련다. 달이라도 별이라도 바람이라도 있으니까. 내가 있는 이 공간보다는 차가울지는 모르지만 외롭지는 않을 거니까.

덧붙이는 말 : 우울한 얘기만 써서 죄송해요. (1995년 11월 9일)

잊혀지지 않을 친구

강원 고성 거진 여자 상업 고등 학교 2학년 강은희

사람이라면 누구나 '진정한 벗'이나 '단짝'을 갖고 싶어하고 또 그런 친구를 찾기 위해 많은 노력을 했을 것이다. 노력 끝에 진정한 벗을 만나는 사람도 있고 그렇지 못한 사람도 있을 것이다.

내가 지금 얘기하려고 하는 친구는 나의 단짝이었다. 이 말은 주위 친구들이 하던 소리였다.

초등 학교 4학년 때 누구에게도 마음을 열어 주지 않던 나에게 그 아인 꺼내기조차 힘든 얘기를 꺼리지 않고 하였다. 다음은 그 애가 말한 얘기이다.

우리 집은 아빠와 엄마, 오빠, 나 이렇게 네 식구였다. 어렸을 때부터 이사를 많이 다녀 고향은 정확히 알지 못한다. 아빤 아침 일찍 일하러 가서서 밤늦게야 들어오셨다. 그래서 아빠의 얼굴을 보기가 힘들었다. 그만큼 우리 집은 가난했다. 엄만 그런 생활이 힘드셨는지 친정으로 가 버렸다. 그 날 저녁 아버진 한 손에 과일 봉지를 들고 자기를 기다리는 부인과 두 자식을 생각하며 집에 오셨을 때, 당연히 자길 반겨 줄 아내가 있어야 했지만, 두 자식만 방구석에 쪼그리고 앉아 집 나간 어머니와 일을 마치고 돌아오는 아버질 기다렸던 것이다.

아버진 며칠 만에 어머닐 다시 모셔 왔고, 우리의 생활은 전과 달라진 것이 없었다. 그러다 크리스마스 이브 때, 엄만 케이크를 만들어 그 곳에다 아버지 이름과 오빠 이름과 내 이름을 써서 찬장 위에 올려놓고 나와 함께 시장에 갔다. 그 곳에서 옷도 한 벌 사 주었다. 그러곤,

"○○아! 여기서 잠깐만 기다려. 엄마 저기 갔다 금방 올게."
그러고선 엄만 한 시간이 지나도 두 시간이 지나도 돌아오질 않았다. 기다리다 지쳐 집으로 갔는데 엄만 집에도 없었다. 아버지도 이젠 돌아오지 않을 거라는 걸 알았는지 나와 오빠와 함께 이사를 갔다.

그 곳에서 아빤 새로 여자를 만났고 그 여잔 곧 우리의 어머니가 되었다. 그 여잔 아버지가 일하러 가시면 나에게 술 심부름을 시켜 술을 사 오게 해서 그걸 마시곤 술에 취해 술주정을 했다. 그 땐 오빠도 국민 학교를 들어가서 집엔 어머니와 나 단 둘이어서 항상 무섭고 두려웠다. 아버지도 그걸 아셨는지 어머니가 술 심부름 시켜도 절대로 가지 말라고 하셨다. 그래서 난 그 곳 가겟집 아주머니께 부탁해 그 집에 숨어 있었다. 어머닌 날 찾으러 다녔다. 맨정신으로가 아닌 술에 취한 채로 말이다.

한번은 이런 적도 있었다. 어린 나이에 고사리 같은 손으로 어머니의 옷을 빤 적이 한두 번이 아니었다. 그 날도 어머니의 옷을 빨

아 넣었는데 갑자기 나보고 팔찌를 훔쳐 갔다고 했다. 내가 빤 옷에 팔찌가 있었다며 없어졌으니 네가 훔쳐 간 것이라는 거다. 난 울며, 아니라고 말했다. 그러자 칼을 가지고 오더니 더러운 손목을 자르 겠다 하였다. 난 달아나 옥상에 올라가 팔찌를 찾으려 했다. 하느님 도 이런 나의 맘을 아셨는지 다행히도 팔찌는 그 곳에 있었다. 주머 니에서 떨어졌나 보다.

그 뒤, 아버진 인천에서 일을 하시게 되었고 나와 오빤 거진 할머 니 댁에 오게 되었다.

이 얘길 들었을 때 눈물이 났나. 항상 밝아 이런 고동을 겪었을 줄 은 생각도 못 했는데 정말 대단하다고 생각했다. 그리고 이런 말 하기 가 쉽지 않다는 걸 알기에 나에게 이런 얘기를 해 주는 친구가 정말 고마웠고, 항상 나의 집안 환경을 창피하게만 여겼던 나의 마음을 바 꿀 수 있는 계기였다. 그래서 우린 늘 함께 다녔다. 친구들은 이런 우 리들을 부러워했다. 하지만 항상 이해해 주고 아껴 주지만은 않았다. 다툰 적도 있었고, 또 소홀히 생각했던 적도 있었다. 지금 생각하면 웃음이 나온다.

나는 상고로, 친구는 인문계 학교로 서로 다른 길을 가야만 했다. 인문계 학교로 간 친구는 힘들었는지 학교를 옮겼고, 또 남자 친구를 만나 학교마저 다니지 않았다. 그러곤 둘이 다른 곳으로 가서 산다는 소문이 돌았다. 그렇게 엄청난 일과 무책임한 행동을 하고 있었을 때 나는 무엇을 했는지, 남들처럼 그냥 먼발치서나 지켜보고만 있었다. 이해하질 못했고 무어라 말도 못 했다. 왜 그랬을까? 지금 생각하면 무척 안타깝다. 조금만 신경 써서 같이 얘길 했더라면 그렇게 쉽게 결단 내리진 못했을 것이다.

　그래도 요즘 가끔씩 전화가 온다. 수화기에서 들리는 목소리지만 그래도 밝은 모습 같았다. 사회에서는 용납되지 않을 일이지만, 이젠 조금은 이해할 수 있고 또 이해해 주고 싶다. 그리고 이 친구에게 행운만이 생기길 바란다. 누구보다도 겪은 불행이 크기에 앞으론 밝은 일만 생겼음 좋겠다. (1996년)

짐승의 첫사랑

부산 중앙 고등 학교 1학년 김승준

1998년 5월 31일. 날씨：끔찍이 더운 날씨. 으후, 덥다.

하하! 오늘은 기분이 무척 좋다. 뭐 때문인지는 잘 모르겠지만 날아 갈 것 같다. 아무런 이유 없이……. 살다 보면 가끔 이런 날도 있는 것 같다.

앞에서 사자가 말했듯이 오늘 나의 첫사랑을 한번 써 보겠다. 사실 첫사랑도 아니다. 어쩌면 그냥 나만 착각하고 있던 그런 짝사랑일지 도 모른다. 하지만 지나간 일인데 첫사랑이면 어떻고, 짝사랑이면 어 떤가!

때는 내가 중 1 때였다. 난 불교 신자라서 6학년 때부터 절에 다녔 고, 아직까지 다니고 있다. 처음에 갔을 때 선배들이 나에게 아주 잘 대해 주었다. 그래도 그 때는 내 성격이 내성적이고 소극적이라서(지 금과는 완전히 반대의 성격이었음. 믿거나 말거나.) 절에서 나는 말 없는 착한 아이라는 평판을 듣고 있었다. 그리고 약 1년 반 후 성격이 조금씩 적극적으로 변해 가면서 선배들과 아주 친하게 되었다. 그리고 겨울 수련회. 사건의 발단은 바로 이 겨울 수련회에서 시작되었다.

수련회 가는 당일. 그 때는 아주 추웠음에도 불구하고 우리는 약속 시간보다 두 시간 빠른 새벽 5시쯤에 절에 도착했다. 내 친구와 같이 단 둘이 추위에 떨며 다른 사람들을 기다리고 있었다. 그리고 1시간 30분 후 선배 몇 명이 우르르 몰려오는데, 어랏! 못 보던 얼굴이네. 절에서는 생전 처음 보는 얼굴의 소유자였기에 처음부터 관심이 쏠리기 시작했다. 선배들이 소개시켜 주는데 그 누나는 나보다 두 살 많고, 키는 아담했고, 얼굴은 귀여운 형태였다(내 생각). 그 때에는 여자가 어떤 동물인지 잘 몰랐을 때였기 때문에 그냥 저런 누나가 있나 보다 했다.

잠시 후, 사람들이 다 모였고 버스 위에 내 몸을 실었다. 나는 맨 뒤 다섯 칸 중 가운데 앉았고, 그 누나는 바로 내 옆에 앉았다. 그리고 드디어 그녀와 나의 러브 스토리가 시작되었다. 그 누나는 생각보다는 말도 많았고 나랑 마음도 잘 맞는 것 같았다. 우리들은 목적지까지 쉬지 않고 장난치고, 이야기도 많이 했다. 그런데 지금은 무슨 얘기 했는지 기억도 안 난다. 어쩌면 이 때부터 내 맘이 그 누나에게 기울고 있었는지도 모른다. 드디어 목적지에 다다르고(어디인지 까먹었다.) 여정을 풀고 나서 밥 먹고 오후에 우리들은 대웅전에 모였다. 그리고 법사님 말씀이,

"자, 이제부터 1080배를 하겠다."

"드아아."

나는 놀라 자빠질 뻔했고, 이박 삼일 동안의 일정표를 확인했다. 그런데, 정말 거기에는 조그마한 글씨로 '1080배' 라는 것이 적혀 있었다.

"한꺼번에 하면 힘드니까, 360배씩 나누어서 세 번 할 것이니, 힘든 사람은 하다가 쉬어도 좋다."

'후아, 다행이다.'

나는 속으로 마음을 놓고 있었다. 그래도 처음 360번은 착실하게 해냈다. 장하다. 그리고 두 번째 360배째에는 도저히 다리가 후들거리고, 움직일 때마다 내 허리가 조각조각 나는 것 같고, 숨도 가쁘고, 머리가 핑핑 돌고, 너도 돌고 나도 돌고 해서 쉬기로 했다. 누나도 힘든지 쉬고 있어서 슬그머니 가서는 단 둘이 얘기하기 시작했다. 한참 재미있게 얘기하고 있는데 나와 꽤 친한 선배 한 명(이름은 영록이었고, 그 때 당시 고 3이었음.)이 꼽사리 끼었다.

우리들은 장난이 심한 바람에 법사님께 들켜 버렸고, 나만 저 쪽 구석으로 쫓겨나고 말았다. 1080배가 끝나고, 나는 몸을 씻고 방에서 얌전히 잠들려고 하는데 '끼이익.' 하는 소리와 함께 문이 열리고 선배들이 침공해 왔다. 그 날 우리들은 자는 사람 얼굴, 다리, 손에 포스터칼라로 알록달록하게 색동옷을 입혀 주고, 마당에 나와서 앉아 노래도 부르고(조용한 노래, 분위기 정말 좋았다.), 이야기도 하면서 그렇게 밤을 지새웠다. 이 때에도 나는 누나 옆에서 장난치고, 종알종알 얘기도 했다.

그렇게 하루가 지나고, 난 항상 누나와 같이 다녔고, 언제나 내 옆에는 누나가 있었다. 정말 좋았다. 이 때부터 난 누나에게 묘한 호감이 가면서, 누나가 여자로 보이기 시작했다. 점심을 먹고, 뒤뜰로 가 보니까 거기에는 웬 농구 골대가 있었다. 한창 농구를 좋아했던 나였기에 공을 찾기 시작했고, 거기서 공부하는 한 대학생쯤 되어 보이는 남자에게 농구공을 받았다. 그리고 선배들을 불러서 농구 게임을 하기로 했다. 선배들은 모두·다 범생이라서 그런지 나 같은 초보자에게도 쉽게 골을 내주는데, 그 한심한 꼴이란……. 좌우당간에 열심히 하고 있는데 나의 화려한 드리블에 이은 나의 화려한 슛을 성공시킴과 동시에 누나의 응원 소리가 들렸다. 그 날 농구는 나의 독무대였고, 누나의 칭찬에 정말 기분도 좋았고, 날아갈 것만 같았다.

그리고 또 밤, 반짝거리는 금 조각이 온 밤 하늘을 아름답게 수놓고 있었다. 난 누나와 단 둘이 난간에 걸터앉아 밤 하늘을 바라보고 있었다.

"이야, 정말 좋다."

"그치? 이런 그림은 다시 못 볼 수도 있으니까 눈이 빠지도록 봐야지!"

누나와 나는 말없이 밤 하늘을 바라보고 있었다. 그러다가 내가,

"누나, 누나는 남자 친구 있어요?"

"아니."

"누나는 어떤 타입의 남자를 좋아해요?"

"음—, 그냥 내 맘 잘 알아 주고, 항상 옆에 있고, 너처럼 재미있으면 좋아."

난 정말 이 말을 듣고 좋아서 미칠 것 같았다. 온 세상을 가진 듯했고, 웃음이 절로 나왔다. 그 날 밤의 하늘은 유난히 별이 반짝반짝거리고 있었다.

그리고 다음 날 아침, 마지막 법회를 보고 아침밥을 먹은 후, 우리가 이박 삼일 동안 머물렀던 절의 큰스님께서 하시는 말씀을 듣고, 우리들은 버스에 올랐다. 나는 처음 탈 때와 같이 맨 뒤칸 중앙에 앉았고, 누나도 내 옆에 앉았다. 난 너무도 피곤했기에 타자마자 잠이 곤

히 들었다.

그리고 한 두 시간 뒤, 내가 깨어났을 때는 모두들 고개를 푹 숙이고, 재잘거림 대신 코 고는 소리만 버스 안에서 왔다 갔다 했다. '누나도 자나?' 하는 생각에 옆을 보니 '아니!' 난 숨이 멎는 줄 알았다. 곤히 잠든 누나의 모습은 정말 정말 귀여웠다. 한참을 보고 있으니까 이런 생각이 들었다. '누나가 내 어깨에 기대어 자면……' 하는 생각이 뇌리를 스침과 동시에 차가 덜컹거렸고, 그 충격으로 균형을 유지하던 누나의 얼굴이 내 어깨에 푹 쓰러졌다. '드아아.' 그 순간 '드디어 그녀가 내 어깨에……. 역시 하늘은 날 버리지 않았다. 어머니, 고맙습니다. 영록이 선배, 친구들아, 정말 고맙다.' 별의별 생각이 다 들면서 한참 혼란스러웠다. 그리고 정신차리고 누나의 얼굴만 쳐다보고 있었다. 한 10분 정도 보고 있었는데, 목이 뻐근해서 고개를 돌리다가 우연히 백 미러를 봤다.

그 백 미러에는 영록이 선배가 날 보며 생긋 웃고 있었고, 난 내 맘을 들켜 버린 양 안절부절못하고 있었다. 어찌나 부끄럽던지.

하지만 난 끝까지 누나 얼굴만 보고 있었다. 완전히 배째라였다. 30분쯤 후 누나가 갑자기 눈을 떴다. 누나가 눈을 뜨자마자 나와 눈이 마주쳤고, 나는 놀라서 고개를 확 돌리고 다른 쪽을 보고 있었다. 누나는 부시시 일어났고, 목이 아픈지 목 운동을 하면서,

"아, 목아. 승준아, 내가 니 어깨에 기대어 잤니?"

"예? 아, 저……, 저도 자고 있어서 잘 모르겠는데요. 왜요? 목이 아프세요?"

하며 난 누나의 목과 어깨를 주물러 주었다. 누나의 어깨가 정말 작았다. 누나는 간지러운지 계속 킥킥 웃어 댔지만, 난 끝까지 안마를 해

주었다.

난 내가 내릴 때까지 한마디도 안 하고, 누나의 이야기를 들어 주었다. 학교 얘기, 친구 얘기, 무슨 얘기가 그리 많은지 누나는 침이 마르도록 이야기를 계속했고, 웃다가 보니 어느 새 헤어질 시간이었다.

"누나! 오늘 푹 쉬고, 일요일에 웃는 얼굴로 봐용―."

"그래, 준아! 너도. 안녕."

그렇게 누나와 헤어지고, 집에 들어가서는 썩은 고목처럼 푹 쓰러져서 잠을 잤다.

그렇게 며칠이 지나고, 일요일에 절에 가니 완전히 난리였다. 누나와 나에 대한 스캔들 때문에 내가 절에 오자마자 여자 애들의 물음표 공격을 받아야만 했다. 심한 애들은,

"야, 어디까지 갔는데, 혹시 갈 데까지 다 간 거 아니가?"

라면서 난리 법석을 피웠다.

그 날 난 누나에게 어색한 인사만 하고, 아무 말도 하지 못했다. 이 원수 같은 놈들! 난 그 후 한 달 동안 절에 가지 않다가, 그 다음 주 일요일에 절에 갔다. 그런데 누나가 오지 않은 것이었다. 한 석 달 정도 시험 기간이라서 가지 않다가 여름 방학이 되어서야 갔는데 또 누나가 없었다. '설마! 영영 안 오는 건 아닐 테지?' 별별 생각이 다 들고, 불안해서 여름 방학을 즐겁게 보내지도 못했다. 그리고 여름 방학 거의 다 되어서 절에 갔더니, 그립던 님, 누나가 와 있었다. 7개월 만의 재회였다.

그러나 난 누나와 인사도 하기 전에 충격적인 말을 듣고 말았다. 글쎄, 영록이 선배와 누나가 사귄다는 것이었다. 난 그 말을 듣는 순간, 배신감 등 이상한 감정들이 내 가슴 한 구석에 뭉치더니, 내 온몸을

무너뜨리고 말았다. 이럴 수가, 이럴 수는 없는 짓이었다. 난 그냥 절을 타박타박 걸어 나왔고 6개월 정도 절을 가지 않았다. 그리고 2월 말쯤이었다. 난 약 1년 전쯤 추억을 생각하며 절에 올라왔다. 그리고 법사님을 뵙고, 절을 둘러보고 있는데 그 누나가 있었다. 이제는 감정이 식었는지 예전 같지가 않았다.

"누나."

"어어, 승준아, 잘 있었어?"

"……."

난 아무 말도 안 하고 있다가 단도 직입적으로,

"누나, 누니 정말 영록이 선배랑 사귀었어요?"

"아니, 승준아. 너 그 얘기 어디서 들었어? 누가 그런 얘기 하디? 영록이 선배랑 내가?"

누나는 흥분한 듯했고, 나는 어리둥절했다. 도대체 이게 어찌 된 일인가? 그렇다면 그 이야기는 헛소문이었던가? 나는 바로 영록이 선배에게 뛰어갔다. 그러고는 역시 똑같은 질문을 했다. 그러자 선배는 또렷한 목소리로,

"그래. 나 그 애랑 사귀고 있어."

뭐? 이건 뭐야? 도대체 누구의 말을 믿어야 하는 거지? 혼란스러웠다. 그러자 나중에 영록이 선배가 슬며시 다가와서는 털어놓았다.

"야, 사실대로 말할게. 나 그 애랑 안 사귀고 있어. 그냥 내 혼자 생각이다. 난 항상 니가 부러웠고, 질투도 했다. 그래서 그런 헛소문을 퍼뜨렸고, 일이 이렇게 된 거다. 미안하다."

"……."

"사실 그 애한테 너에 대해서 물어 보니까 그냥 친구 같다더라. 그

래서 기회다 싶어서……."

무슨 말을 했는지 도무지 더 이상 기억이 나질 않는다. 어쨌든 그 때 당시의 나는 너무 혼란스러웠고, 뭐가 어떻게 된 것인지 몰라서 절에 올라오지 않기로 하고, 그 후 절에는 1년에 한두 번 정도밖에 가지 않았다. 요즘은 벌써 6개월 정도 안 올라가 봤는데 한번 가 봐야겠다. 물론 누나는 소식이 없고, 영록이 선배도 마찬가지다. 둘이 같이 도망을 갔나? 뭐 가든가 말든가 이젠 나와 별 상관도 없는데.

이 일 이후 난 한 가지 새로운 것을 알았다. 그것은 시간이 다 해결해 준다는 것이었다. 난 내가 그 누나를 잊지 못할 줄 알았는데 영록이 선배와의 이야기 후 한 달 정도 지난 후에 그 누나를 잊어버리고 말았으니……. 그리고 다른 여자와 사귀기까지 했으니. 훗, 정말 웃기는 짬뽕이다.

요즘은 여자란 것이 도대체 어떤 것인지 몰라서 접근도 안 하고 있다. 그리고 나도 좀 이상한 것 같아서 조금 생각 중이다. 나의 이 생각은 다음 일기에 쓰기로 하고, 으아, 정말 많이 썼다. 잠이 온다. 히, 그럼 이만 적는다. 오늘은 정말 기분이 좋다. 왜 그런지 모르겠다.

(1998년 5월 31일)

* '짐승'은 김승준의 별명.

'기아 체험 24시' 에서 느낀 점

경기 안성 안성 여자 고등 학교 1학년 이옥선

초등 학교 때 처음 '기아 체험 24시'를 보고서 '저런 데 꼭 가 봐야지.' 하는 생각을 지금껏 해 왔지만, 2000년에 열린 기아 체험을 직접 경험하게 될 줄은 꿈도 꾸지 못했는데 내게 연락이 왔다. 막상 가려고 하니 정말 굶는 고통을 체험해 봐야겠다는 생각보다, 많은 연예인을 보려는 생각이 더 앞섰다. 나는 살을 뺀다고 네 끼니를 굶은 적이 있어서 별 어려움은 없을 거라고 생각했다.

6월 24일 세 시 좀 지나서 올림픽 체조 경기장에 도착하니 전국에서 온 학생들로 북새통을 이루고 있었다. 1층에 자리를 잡고 먼저 1부 생방송을 하며 두 시간을 보냈다. 진행자의 말에 따라 조를 나누고 응원을 하며 시간을 보냈다. 한 끼를 굶자 '휴우, 배고파.'의 수준. 새벽까지 진행되는 생방송 관계로 배고픈 몸은 더 이상 가누기 힘들 정도가 되었다. 잠깐씩 보는 연예인 때문에 잘 참을 수 있었지만 12시가 넘자 거기서부터는 오기로 버티는 셈이었다. 3시에 겨우 새우잠을 자고 일어나 아침 생방송을 하면서 여러 가지 생각을 하게 되었다.

방송이 되어 알겠지만 음식(과자, 빵)을 가지고 와서 먹은 아이들이 밝혀졌을 때 솔직히 화가 많이 났다. 내가 배고픈 탓도 있었지만 시작할 때 틀어 준 방송을 보고도 이런 일이 일어났기 때문이었다. 어느 아이 집에 쌀이 모자라서 몇 년을 저녁에 라면만 먹었다는 사연이 있었는데, 그걸 버젓이 보고도 '기아 체험' 해 본다고 온 사람들이 먹을 것은 다 먹었다는 것에 배신감이 들었다. 나도 먹고 싶다는 생각이 안 들었던 것은 아니지만…….

이번 행사에 참가하면서 우리 나라 청소년들의 문제를 심각히 깨달았다. 우리는 돈이 있으면 가게에 가서 빵, 과자, 음료수와 같은 먹고 싶은 걸 사 먹고, 비싼 상표의 옷을 사면서 지나치게 소비하는 삶을 살고 있다. 내 말이 지나칠 수도 있겠지만 솔직히 우리는 심각한 사치의 환각 상태에 빠져 있는 것이다. 내가 무심코 장난으로 보냈던 문자 메시지…… . 거기에 드는 돈이면 굶어 죽는 많은 사람들을 살릴 수 있다는 것을 알았다.

하지만 여기까지 생각해 본 사람은 아주 드문 것 같다. 텔레비전에서 잠깐 나온 화면을 보고 "어휴, 불쌍해." 하는 정도의 동정을 보낼 뿐. 세 끼를 굶어 보니 배가 너무 고파서 아예 음식을 먹고 싶지 않았다. 힘이 쭉 빠지고 어지러웠다. 그런데 며칠을 굶은 아이들은 더 심한 상태일 것이다.

한 끼 굶고 새벽에 쓰러지는 아이들도 있었다. '아이들의 건강 상태가 안 좋구나.' 하고 그냥 흘려 버리기엔 쓰러진 아이들의 숫자가 너무 많았다. 무려 백여 명이나 되었으니…… . 우리는 배가 고파 쓰러지면 링거 주사 한 번 맞고 푸짐한 한 끼 식사로 보충하면 되지만 아프리카, 북한의 아이들은 신음 소리 한 번 못 해 보고 숨이 멎고 있는

실정이란다. 흥청망청 사는 우리의 이 현실이 얼마나 그들에게 크나
큰 죄인지 정말 심각하게 깨달았다.

　세 끼 밥을 굶으며 나는 굶주림의 고통이 어느 것보다 크다는 것을
느꼈다. 내가 무심코 버렸던 빵 한 조각, 과자 한 주먹이 모두 부끄럽
게 느껴졌다. 내가 아무렇지도 않게 버렸던 음식들도, 먹을 것이 없어
굶주린 사람들에게는 생명의 양식이 될 수도 있다는 것을 왜 진작 깨
닫지 못했던지……. 1박 2일의 행사를 통해 많은 것을 알게 되었다.
지금 이 시간에도 굶주림으로 고통 받으며 죽어 가고 있다는 것을. 하
루에 10원씩만 한 달을 모아서 보낸다 해도 얼마나 많은 사람을 살릴
수 있는지를. 또 그 동안 내가 살아 온 모습이 얼마나 보잘것 없었는
지 알았다. 앞으로는 하나를 버리고 하나를 사더라도 굶어 죽는 사람
들을 한 번 더 생각하기로 다짐했다. (2000년 6월 26일)

우리 동네 시장통

강원 속초 속초 상업 고등 학교 1학년 전미숙

내가 어렸을 때 살던 곳은 시장통이란 곳이다. 영랑동에 있는데 난 거기서 태어났다. 지금은 그 동네에서 조금은 떨어져 살고 있지만 난 그 동네가 더 좋다. 그 동네엔 조그만 어시장이 있다. 그 시장은 동네 한복판에 있다.

그리고 그 동네엔 조금만 걸어 나가면 바다도 있다. 그래서 바다에서 잡은 명태랑 가자미랑 꽁치랑을 들고 나와 할머니들께서 나와서 장사를 하신다. 할머니들께선 장사가 안 되면 손수레에 고기를 가득 싣고 돌아다니시면서 "오징어 사요. 오징어. 명태 사요. 명태."라고 외치면서 장사를 하신다.

시장통에선 겨울이 되면 세숫대야에 흙을 가득 담고 추위를 이기기 위해 나무를 때면서 일을 하신다. 난 추우면 시장에 가서 불을 쬐곤 하였다. 그 시장은 나무 기둥 몇 개에 기와만 올린 허름한 곳이다. 시멘트로 장사할 곳을 만들어 놓아 솔직히 보면 볼품이 없다. 거기가 시장인지 애들 노는 놀이터인지 구분이 안 될 정도이니깐. 낮엔 장사를 하지 않는다. 그래서 놀 곳이 없는 애들은 그 좁은 시장을 뛰어다니며 논다. 거기엔 한쪽 옆엔 마른 나무들을 한쪽 구석에 쭉 쌓아 놓았다. 겨울에 때는 나무도 바로 이 나무이다. 이 나무는 고기를 팔고 남은 상자를 부숴서 쌓아 올려놓은 것이다.

이 어시장 주위엔 집들이 아주 많이 붙어 있다. 그 동네 사람들은 한 가족처럼 아주 친하다. 옆집에서 하는 소리까지 다 들리기도 한다. 그래서 이 동네엔 싸우는 일이 드물다.

여름이 되면 모두 앞바다에 나가서 수영을 했다. 아침 일찍 나가서 점심 먹고 또 나가서 저녁이 되어야 들어오곤 했다. 그래서 이 동네 아이들은 여름이 되면 모두 까맣다. 겨울에 눈이 오면 모두 나와 눈싸움도 하고 정말이지 친언니, 친동생같이 친하다. 동네 아줌마들은 부업으로 오징어를 찢곤 했다. 더운 여름날, 시장에 둘러앉아서 찢었는데 우리도 불러서 나도 한 줌 너도 한 줌 찢으라고 주셨다. 우린 찢는 것보다 먹는 것이 사실 더 많았지만 그래도 도와 준다고 열심히 찢었다. 다 찢곤 몇 그램이 모자라서 분무기로 물을 뿌릴 때도 많았다.

추억은 아주 많다. 우리는 시장통에서 놀았다. 놀이터가 따로 없었기에. 우린 넌 엄마, 넌 아빠 그러면서 놀면 시장에서 장사하시던 할머니들께서 시끄럽다고 한바탕 욕을 퍼붓기도 하셨다. 그럼 우린 할 수 없이 가까운 바다에 갈 수밖에. 이것이 우리의 두 번째 놀이터였기 때문이다. 바다에 가선 조개도 줍고 노랫말 그대로 모래알로 밥도 지어 먹었다.

저녁이 되면 엄마들이 아이들 찾는 소리로 시끌벅적하다. 우린 그렇게 집에 돌아가 밥 먹고 다시 나와 시장통에서 놀곤 했다. 지금도 그 시절이 그립기만 하다. '다시 갈 수만 있다면 좋을 텐데.' 하고 생각한다.

　지금은 비록 이 동네에서 살고 있지 않지만 난 이 동네를 너무 좋아한다. 다른 곳은 몰라도 이 동네는 절대로 변하지 않았으면 좋겠다. 난 이 동네에서 이웃의 정이란 것도 배웠고, 추억 많은 어린 시절도 보냈다. 내가 커서 와도 이 동네가 변함이 없었으면 하는 것이 나의 바램이다. (1997년)

2부 사랑하는 우리 어머니

— 우리 식구, 우리 집

충남 부여 부여 여자 고등 학교 1학년 이혜리 그림

잊지 못할 내 생일

인천 선화 여자 상업 고등 학교 3학년 정혜란

난 여동생과 단 둘이 자취 생활을 하고 있다.

매일 청소 당번을 정해 청소를 하고, 학교 갔다 오면 언제나 밥하랴 빨래하랴 늘 바쁘다. 남들은 모두 다 엄마의 몫이지만 우리 집은 거의 대부분이 장녀인 나에게로 돌아온다. 돈 만 원이 있으면 친구들은 "무얼 사 먹지?" 하며 행복한 고민을 하지만, 난 언제나 "무슨 반찬거리를 사나?" 하며 머리가 터지도록 고민을 한다. 친구들은 용돈 기입장을 쓰지만 난 가계부를 쓴다. 이젠 어느 정도 익숙해져 엄마 없이도 살 수 있을 것 같지만 그런 나에게도 가장 서러울 때가 있다.

그건 바로 내 생일이다.

무려 3년 전까지는 엄마가 차려 주시는 따뜻한 밥에 미역국⋯⋯. 별 볼일 없이 초라했지만 지금은 그 때의 생일상이 무지 그립다. 내 동생 생일이건 내 생일이건 미역국은 언니인 내가 끓여야 하고 선물은 아예 기대도 하지 않는다.

그러나 지난 9월 9일 생일날 아침에 난 영원히 잊지 못할 일을 겪었다. 이 날도 여느 때와 마찬가지로 자명종 소리에 눈을 떴다. 시계를 보니 7시, 늘 그랬듯이 동생보다 먼저 씻고 나오는데 뜻밖에 방문이 잠겨 있었다.

"야, 아침부터 신경질나게 문은 왜 잠그고 난리야?"

하며 문을 발로 세게 찼다. 한마디로 서러웠다. 미역국에 생일상은 아예 기대도 안 했지만 조그만 선물 하나 없었구, 아니 축하 메시지도 없었다.

화가 나서 나도 모르게 방문을 세게 밀치고 들어가니, 방은 어둠이 깔려 있었고 열아홉 개의 촛불이 생일 케이크 위에서 나를 애타게 기다리고 있었다. 내 동생은 옆에서 쪼그리고 앉아 작은 목소리로 생일 축가를 불러 주었다.

순간, 너무 감격해 목이 메었다.

"언니, 촛불 끄기 전에 소원 빌어."

"음, 알았어……."

말도 제대로 못 하고 난 눈을 감고 두 손을 모아 마음 속으로 소원을 빌었다. 우리 가족 모두 건강하고, 사랑하는 내 동생 공부 잘 하라구.

소리 없이 눈을 뜨고 촛불을 껐다. 눈물이 흘렀다. 동생이 너무 고맙고 사랑스러워서…….

"언니, 울지 말고 미역국에 밥 한 그릇 다 먹어야 돼. 그래야 오래오래 건강하게 산대. 빨리 먹어."

"……."

아무 말 없이 동생이 말아 준 미역국에 밥을 한 숟갈 입에 넣었지만 끝내 삼키지 못하고 또 울었다.

동생이 보기에 안쓰러운지,

"언니, 이것 봐라. 내가 언니를 위해 두 달 동안 모아서 언니 줄려고 정장 샀다. 예쁘지?"

갈색 상의에 갈색 바지……. 세상에서 가장 예뻐 보였다.

"고마워! 철부지로만 알았는데 내 동생이 날 이렇게 감동시킬 줄 정말 몰랐네. 언니가 혜선이 생일엔 이것보다 더 멋있는 거 사 줄게."

하며 동생을 안아 주었다.

시간을 알아보니 이제야 7시. 내 동생이 일부러 시계 바늘을 돌려놓고 연극을 한 것이다. 세상에서 가장 아름다운 연극을…….

(1997년 10월)

어버이날 선물

부산 중앙 고등 학교 1학년 전수민

1998년 5월 9일. 날씨: 오후 내내 햇빛이 쨍쨍거리다가 저녁 10시 경에 비가 억수로 적게 옴.

어제는 모두가 알다시피 어버이날이다. 나는 지금까지 어버이날이라고 해서 부모님께 선물을 드린 적이 전혀 없다. 그리고 직접 부모님께 "키워 주셔서 고맙습니다."라든지 "사랑합니다."라고 말한 기억도 없다. 그래도 나는 지금까지 내가 잘못했다는 사실을 인식하지 못했다. 어제 선생님께서는 우리 반 학생 모두에게, 오늘 집에 가서 부모님 발을 씻겨 주라고 하셨다. 발을 씻겨 드리라니……. 결국 부모님 발을 씻겨 준다는 핑계로 야자를 하지 않고 교문을 나섰다. 집에 도착하자, 어머니께서는 시험 기간인데 왜 자습 안 하고 오는지 물어 보셨다. 나는 아무 말도 안 했다. 발 씻겨 주기가 부끄러워 그냥 가방 챙기고 학원으로 갔다.

버스 안에서 나는 내 자신이 부끄러웠다. 학원에서도 계속 그 생각만 났다. 내일 선생님께, 조퇴해 놓고 부모님 발을 안 씻겨 줬다고 혼날 거라는 생각까지 했다. 학원 수업을 마치고 집에 들어오니 집 안은 컴컴했다. 모두가 잠든 때에 나는 거실 식탁에 앉아 생각했다.

'우짜꼬…….'

부모님 방을 살짝 열었다. 아버지는 코를 "드르렁 드르렁." 구시며 주무시고 계셨고 그 옆에 어머니께서도 자고 계셨다. 우리 아버지는 원래 코를 안 구시는데 오늘은 굉장히 피곤하신 모양이었다. 회사 일 때문에 언제나 피곤하신 아버지, 장사 때문에 지치신 어머니를 위해 아들인 내가 발 한 번 못 씻겨 드리고 굳은살 있다고 불평하던 내가 진짜 부끄러웠다.

나는 내 방으로 가서 누웠다. 몇 시간 후, 어머니께서 나를 깨우셨다. 나는 얼른 밥을 먹고 화장실로 가서 씻었다. 다 씻은 후 숨을 크게 들여 마신 후 어머니께 잠시 와 보라고 했다. 어머니께서는 왜 그러냐고 물어 보셨다.

"발 씻겨 줄게. 와 봐."

라고 난 말했다. 어머니께서는 괜찮다고 하셨다. 나는 그래도 씻겨 줄 테니까 와 보라고 했다. 어머니께서는 계속 괜찮다고 하셨다. 나는 계속 말도 못 하고 거실에 서 있었다. 좀 쪽팔렸다. 이 말 할라고 얼마나 고민했는데……. 조금 후에 어머니는 나를 보고 발 씻겨 달라고 하셨다. 내가 계속 서 있으니까 차마 거절하지 못하신 것이다.

나는 어머니 발을 씻었다. 어머니는 아들이 발도 씻겨 준다며 고맙다고 하셨다. 그 동안 발을 더럽게만 생각했던 나는 오늘 어머니 발을 씻겨 주면서 아니라는 생각을 했다. 그리고 내 발에 있어야 했던 굳은 살을 어머니가 대신 가지신 거라고 생각했다. 나를 위해서 일하시다가 생긴 거니까…….

아무튼 나는 오늘 어머니 발을 씻겨 준 건 정말 잘 한 일이라 생각한다. 다른 친구들은 별 부끄러움 없이 부모님 발을 씻겨 줬겠지만 나는 이거 하나 때문에 어제 병 걸릴 뻔했다. 다음 어버이날에는 아버지, 어머니 둘 다 발을 씻겨 드릴 거다. (아버지는 그 당시 주무시고 계셔서 씻겨 드리지 못함.) (1998년 5월 9일)

초등 학교를 같이 다닌 나와 아빠

강원 속초 속초 상업 고등 학교 1학년 임성회

나는 아빠와 같이 초등 학교를 보냈다. 우리 아버진 학교에서 일하는 아저씨였기 때문에 내가 아기였을 때부터 학교 뒤에서 살았다. 우리 집은 본명 관사, 일명 공짜 집이었는데 수도세, 전기세, 전화세 등모두 공짜였다. 학교랑 무지 가까웠다. 한 3분 정도였나? 그 땐 너무 가까웠지. 집에 친구들이랑 같이 갈 수 없었다. 그래서 소원이 멀리 이사 가 친구들과 같이 집에 갈 수 있게 되는 거였다.

유치원 다닐 때에는 잘 몰랐는데 초등 학교 입학하면서 아버지가 학교 수리 아저씨라는 것이 부끄러웠다. 아빤 그런 내 마음을 알았는지, 어쩌다 우리 반에 들어오게 되면 나와 아는 척을 하지 않았다. 하지만 그러고 나면 왠지 찜찜했는데.

내가 가장 아빠에게 미안했던 일은, 내가 6학년 겨울 방학 때 중학교 배정표를 받기 위해 학교 운동장에 모인 적이 있었다. 배정표를 받고 친구들과 있었는데 아빠가 지나가시다가 나를 보며 "성희야, 성희야." 내 이름을 부르셨다. 난 무지 창피했다. 그러나 아빤 아무것도 신경 안 쓴다는 듯 나를 보며 웃으셨다. 근데 이 불효 막심한 딸이 귀찮다는 듯한 목소리로 저리 가라고 소리쳤다. 내가 왜 그랬는지 모른다. 아버진 그래도 웃으며 알았다고 그러셨고 난 친구들과 놀러 갔다. 집에 왔는데 아버진 화도 안 내시고 평소처럼 웃으며 어디로 배정받았냐고 물으셨다. 난 미안한 마음에 기어들어가는 목소리로 설악 여중이라고 말했다.

내 기억으로는 아빠 학교에서 인기 있는 아저씨였다. 겉은 엄해 보여도 재미있고 자상하셨다. 남자 애들은 아빠와 장난치는 걸 무지 좋아했는데 고학년일수록 아빠와 친했다. 아빠 장난이 짓궂고 말도 안 듣는 애들한테는 소각장에다 던지는 것처럼 해서 애들을 놀려 주셨는데, 어떤 애들은 그게 더 재미있어서 아빠만 보면 달려와 옆에서 장난을 쳤다.

아빠 학교에서 행사가 있을 때 아침 일찍 일어나 땡볕에서 행사 준비물을 설치하시고 날라 주셨다. 오후엔 빵과 우유 등이 남으면 그걸 가지고 오셔서 먹으라고 주셨다. 아빠 그런 면에서 날 무지 챙겨 주셨다. 아직도.

아빠 고생을 많이 하셨다. 초등 학교 때 가장 기억에 남는 건 오빠가 고등 학교 때 가출한 것이다. 그 날 밤, 난 오빠가 어디로 가는 꿈을 꾸었다. 아빠랑 엄만 오빠를 찾으러 서울로 가셨고, 가시기 전에 아빠의 슬픈 얼굴을 보았다. 충혈된 눈과 거칠한 얼굴과 손이 날 울게 만들었다. 아빠 제발 너만은 오빠처럼 이러지 말라고 하셨다. 넌 제발 착하게 커서 아빠, 엄마 속상하게 하지 말라고 제발 부탁이라고. 너까지 그러면 엄마, 아빠 속상하다고.

아직도 그 일만 생각하면 눈물이 고인다. 일 주일 후에 아빠, 오빠,

엄만 집으로 돌아왔다. 아빤 날 보며 잘 있었냐고 내 머리를 쓰다듬으셨다. 아빤 정말 날 챙기셨다. 엄마 몰래 돈도 주시고 과자도 사 주시고 엄마한테 혼나서 홀딱 벗고 쫓겨나면 아빠가 몰래 나와 숙직실로 데려가 나를 재워 주셨다. 그 때마다 엄만 날 더 야단치셨지만 아빠가 다 막아 주셨다.

지금은 아빠가 학교 수리 아저씨라는 것이 하나도 부끄럽지 않다. 그리고 아빠한테 잘 해 주고 싶다. 하지만 막상 보면 괜히 못살게 굴고 싶고, 열 받게 하고 싶다. 아빠랑 집에서 친구다. 아무런 부담 없는 이런 아빠가 오래도록 지속했으면 한다. 오늘도 집에 가 못살게 굴어야지.

보탬: 우리 집은 하얀색 페인트로 칠해져 있다. 원래 방 하나밖에 없었는데 엄마가 아버지 서울 가셨을 때 뒤에 있던 건물 벽을 망치로 부숴서 방 하나를 더 만들었다. 원래 방 옆에 방 하나가 더 있었기 때문이다. 새로 만든 그 방을 합판으로 막아 오빠 방과 내 방을 만들었다. (1997년)

우리 엄마

강원 고성 거진 여자 상업 고등 학교 2학년 김금미

미형이 일기를 보고 눈물이 났다. "엄마를 보고 있을 때면 언제나 눈시울이 붉어져. 엄마들은 다 불쌍해." 바로 이 문장을 보니 눈물이 난다. 미형이와 같이 나도 요즘 엄마를 보면 불쌍한 생각이 든다.

우리 아빠, 엄마는 조그마한 세탁소를 하신다. 간성에 세탁소가 하나도 없을 때부터 시작하셨으니깐 십 년은 훨씬 넘은 가게다. 아직도 간판과 가게가 처음과 똑같다. 정확히는 모르겠고 몇 년 전까지만 해도 우리 가게는 아주 잘 되었다고 들었다. 하지만 요즘엔 이 조그마한 간성에 세탁소가 네 개나 있으니 잘 될 리가 없다. 요즘엔 우리 세 명 가르치는 것도 쉬운 일이 아니신가 보다.

대학교에 다니는 오빠, 중학교에 다니는 여동생, 그리고 고등 학교에 다니는 나. 거의 하루가 멀다 하고 돈을 타 가는 우리들. 더구나 난 학교에 가려면 간성에서 거진으로 가기 때문에 매일 두 장씩 쓰는 회수권. 또 무엇에 쓰기에 돈을 날마다 타 가는지 모르겠다. 또 일 년에 네 번 육성회비와 수업료 20만 원 돈을 내야 하는데, 기간 내에 내

본 적이 한 번도 없는 것 같다. 그 돈 때문에 서무과에 불려 가고, 또 교실 뒤에 종이 쪽지에 써 있는 육성회비 미납자 '김금미'를 보면 친구들한테 창피하다. 어떤 친구들은 학교에서 육성회비 쪽지를 내준 다음 날에 돈을 내는 아이들도 있다. 난 그 친구들이 부러울 때가 많다. 나도 그래 봤으면 좋겠다.

요즘엔 엄마가 어디가 그렇게 아프신지 모르겠다. 가게에서 계속서 계시다가 또 잠깐 앉았다가 하신다. 그래서 힘드신가 보다. 또 집에 들어오신 엄마의 다리를 보면 퉁퉁 부어 있다. 그 퉁퉁 부은 다리를 보면 너무 가슴이 아프다. 거기에다가 우리들을 낳고 몸조리 한 번 제대로 못 하신 엄마. 그것 때문에 팔, 다리, 허리 안 아픈 데가 없으시다. 마음 같아선 당장 병원이라도 데리고 가고 싶은데 그럴 만한 사정도 안 된다.

엄만 가끔 나에게 엄마처럼 살지 말라고 하신다. 전문 대학이라도 좋으니 대학에 들어가 열심히 공부하고 좋은 직장 얻어서 돈 많이 벌어 놓고 시집 가라고 하신다. 내 생각에 "엄마처럼 살지 마."라는 말이 결혼해서 돈 걱정 하지 말고 건강하게 살라는 말 같다. 엄마가 매일 아파서, 돌아가시는 건 아닌가 하는 생각도 가끔 든다. 이런 생각 하면 안 되는 줄 알지만 말이다.

엄만 나보고 엄마처럼 살기 싫으면 돈 많이 벌어 놓고, 빨리 시집 가지 말고 하고 싶은 거 다 하면서 천천히 가라고 말씀하신다. 매일 아침에 일어나서 우리 도시락 싸고 집 안 청소하고 가게에서 하루 종일 일하신다. 그것도 좋아서 하는 일이 아니니깐 더욱 힘드신가 보다. 일도 자기가 좋아서 해야 하는데 말이다. 엄마가 "엄마처럼 살지 마." 라고 말씀을 하시면 난 아무 말도 못 하고 고개가 땅으로 떨어진다.

고작 한다는 말이 "난 시집 늦게 갈 거고 돈 많은 사람한테 갈 거예요. 엄마처럼 안 살아요."이다. 엄마한테 따뜻한 위로 한마디라도 해 주고 싶은데 그러진 못한다.

　계속 눈물이 나네. 울고 싶지 않은데……. 앞으론 가게일로 바빠서 집 안 청소를 못 하면 내가 먼저 청소하고, 엄마가 집에 들어와 저녁밥 지으려고 할 때 이미 밥은 다 되어 있고, 그냥 식탁에 앉아서 맛있게 드실 수 있게 해 주고 싶다. 그리고 지금 당장은 안 되겠지만 노력해서 내가 할 수 있는 일이라면 다 도와 드리고 싶다.

(1996년 3월 27일)

사랑하는 우리 어머니

부산 부산 고등 학교 1학년 박진성

　국어 시간, 선생님이 조금은 난처한 과제를 내주셨다. 아버지, 어머니 가운데 한 분께 발을 씻어 드리며 힘들었던 인생에 대한 이야기를 듣고 글쓰기 공책에 옮기는 것이 과제였다. 나는 어머니께서 일하러 가시는 바람에 숙제를 하기가 힘들었다.

　그러다가 시간이 난 것이 일요일이다. 그것도 시간이 많이 나지는 않았다. 어머니가 서울에서 모임이 있었기 때문이다. 결국 내가 어머니한테 이 숙제가 있다고 말씀드린 것은 아홉 시가 넘어서였다. 어머니는 내 말을 듣고 숙제가 참 어렵다는 말과 함께, 늦게 말한 나를 나무랐다. 나는 시간이 없었다는 평범한 변명을 해대었다. 그건 그렇고, 어머니는 나에게 말하기가 힘드신 모양이었다. 그래서 나는 어머니 앞에 연필과 연습장을 남기고 '쓰고 싶으면 써라.'는 식으로 말을 하고는 잠이 들었다.

　다음 날, 학교에 와 보니 많은 애들이 숙제를 해 왔다. 난처했다. 솔직히 나는 어머니 핑계를 대고 넘어가려 했는데 부끄러웠다. 감점도 된다고 했다. 그러나 할 수 없었다. 하기가 싫었다. 안 그래도 자신에 대해 좋지 못한 면만 보아 오던 나는, 일 하나하나를 점수라는 것 때문에 거짓으로 대충대충 꾸미고 싶지는 않았다. '눈치 보며 점수만 받으면 된다. 잘 보이면 된다.'는 어른들 사고 방식같이 행동하고 싶지 않았던 게 그 때의 솔직한 심정이다. 청소년 때라도 비록 그다지 크지는 않더라도 조금씩 순수함을 되찾아 가고 싶었다. 그게 현명한 판단이었는지 모르겠지만, 어쨌든 나는 숙제를 제출하지 않은 채 집으로 갔다.

집에 와서 늦게나마 숙제를 하기 위해 어머니께서 적어 놓았을 그 연습장을 찾았다. 거기에는 어머니가 적어 놓은 파란 글자들이 있었다. 글을 쓰기 전 구상도 할 겸 먼저 읽어 보기로 하고 연습장을 펼쳤다.

가난한 농부의 넷째 딸로 태어났다. 비록 가난하고 딸들이 많았지만 부모님들께선 사랑으로 키워 주셨다. 그리고 어린 시절은 아버지의 어떤 힘이었는지 모르지만, 초등 학교 다닐 때만 해도 싸움을 무척 많이 했는데 항상 내가 대장 노릇을 했다. 싸움도 제일 못 하면서. 지금 생각하면 우스운 일이다.

내가 육 학년 되던 해 아버지가 돌아가셨는데 그 때부터 가난과 고생이 시작되었다. 아버진 조금 있던 재산도 노름과 술로써 다 날리고 빚만 공책에 적어 놓으신 채 병으로 돌아가셨기 때문이다. 어머니는 육 남매를 키우기 위해 행상을 나서셨다. 온갖 고생을 다 하시면서 딸들이지만 중학교라도 보내려고 힘쓰셨고, 나도 어머니의 힘이 되어 드리려고 아침 일찍 일어나 보리쌀을 씻어 밥을 짓고 빨래도 하며 이렇게 중학교에 입학할 수 있었다.

학교 다닐 때 제일 부러웠던 것은, 어머니가 해 주신 밥을 먹고 도시락을 챙겨 학교에 다니는 것이 정말 부러웠다. 거기다 공부할 시간이 있었으면 더욱 좋았겠지만 그럭저럭 힘들게, 하동에서 별나다고 소문난 할머니를 모시며 중학교를 마칠 수 있었다. 가정 형편이 어려워 고등 학교 진학을 포기했지만 미련을 버리기가 쉽진 않았다.

어머니와 많이 싸웠다. 어머니는 남의 논이지만 내가 농사를 지어야 한다고 직장 생활을 못 하게 하시고, 나는 돈을 벌어서 야간 고등 학교라도 가려고 했다. 어머니와 갈등이 심했다. 어머니는 고지식한 옛날 분이라 비록 남의 논이지만 농사를 짓지 않으면 애들하고 못 살 것 같으시고, 나는 고등 학교 다니는 친구들 교복만 보아도 눈물이 났다. 많이 울고 속상해하면서 결국 농사를 지었다. 지금처럼 쉽지 않았다.

내가 살던 곳은 아주 골짜기라 농사짓는 일이 만만치가 않았다. 가물고 비가 안 오는 밤이면 남자가 계시는 집은 밤을 논에서 샌다. 남의 논에서 물을 대 가기 위해서다. 그뿐인가. 아침이면 들판에 싸움 소리가 울려 퍼지고 우린 항상 약자였다. 아버지가 없는 설움은 더욱 커져만 갔고. 보리를 거둘 때 비가 많이 내리면, 보리 싹이 새파랗게 돋아나 물기 없는 논두렁이나 저수지 둑으로 옮길 때는 죽고 싶었다. 아버지가 많이 원망스럽기도 하고. 나는 절대로 못 살진 않으리라고. 가난을 벗어 던지려고 노력을 많이 했지만, 아직도 가난을 면치 못하고 이제 정들어서 죽을 때까지 함께 가려나 보다. 사랑하는 내 아들이나 잘 커 주었으면 하는 바람이다.

사실 엄마가 시간이 많지 않아서 공부를 못 했다면 변명이겠니? 아무튼 네 꿈을 펼치면서 살아. 지금 세상에는 몸 건강하면 하루 벌어서 며칠씩은 사는 세상이니.

진성아, 사랑해. (1999년)

활처럼 굽은 할머니의 어깨

부산 부산 고등 학교 1학년 권혁이

토요일, 학교를 마치고 오랜만에 할머니 집을 찾아갔다. 할머니는 장사를 하고 계시다가 내가,

"다녀왔습니다."

하자 고개를 드셨다. 할머니는 손자를 보고,

"왔나? 드가자. 혁찬이는 니 기다리다가 집에 먼저 갔다."

하고 웃으면서 말하시며, 냉장고에서 우유를 하나 꺼내 빨대에 끼워 내게 주셨다. 우유를 조금 마시다가 내가 말했다.

"할머니, 방에 들어가요. 내가 어깨 주물러 주께요. 학교에서 선생님이 할머니 어깨 주물러 주라고 했거든요. 어깨 주물러 주고 그거 글 써 가야 돼요."

나는 남자인 내가 '할머니, 어깨 아프시죠? 제가 주물러 드릴게요.' 하며 징그럽게 말하는 게 쪽팔려서 그냥 사실대로 학교 숙제라고 말해 버렸다. 그런데 할머니는 밖에 물건을 정리하고 치워야 한다고 나보고,

"그냥 니가 주물렀다 하고 써 가라."

하셨다. 나는 안 된다며 방에 들어가자고 했다.

"할머니, 다리 아파서 병원 다니잖아요. 내가 다리도 주물러 주께
요."

그러자 할머니는,

"에헤, 안 하면 안 하는 줄 알지, 야가 자꾸 헛소리한데이. 물리 치
료 가면 된다니까 그러네."

하셨다. 할머니는 날마다 병원에 가신다. 장사를 하느라 하루 종일 앉
아 계시는데다 자세까지 나빠서 신경이 상하셨다. 그래서 늘 다리가
저리고 땡겨 아파하신다. 할머니가 자꾸 싫다고 하시길래,

"할머니, 그럼 여기서 주물러 주께요."

했다. 할머니는 마지못해 등을 대셨고 난 할머니의 어깨를 주무르기
시작했다. 할머니의 어깨는 활처럼 둥글게 오그라들어 너무 좁았다.
어깨를 주무르며 물었다.

"할머니, 물리 치료 받는 거 많이 아파요?"

"아프다. 테니스 공으로 허리를 막 문때는데 얼마나 아픈데. 차라
리 약을 먹는 게 더 낫지."

방 안에도 그런 공이 하나 있다. 할머니는 날마다 그 공으로 집에서
도 문지른다.

내가 유치원 다닐 때만 해도 할머니는 나를 업고 다니셨는데, 지금
은 길을 가실 때, 뛰기는커녕 몇 걸음 가다가도 쉬어 가야 할 정도로
많이 약해지셨다.

"할머니, 시원해요?"

"야야, 기계보다 낫다. 기계는 가마 누우 있으면 기계가 지 알아서

안마해 주는데, 그거는 시원해도 아픈데 니 손은 아프지도 않고 시원하다."

할머니는 내 기분을 생각해서 그렇게 말해 주셨다.

할머니 발등에는 대추만한 혹이 하나 나 있다. 혹을 만지며,

"이거 왜 생겼어요?"

하고 물었다.

"짐을 많이 들고 육교 같은 데 오르내리서 그렇다. 이거 느그 어마이 시집 오기 전부터 있었다. 팔 아픈데 그만 주물러라."

나는 괜찮다며 조금 더 주무르다 어깨 주무르기를 끝냈다.

어릴 때에는 할머니를 보고 말할 때 올려다보고 말해야 했는데, 지금은 키가 크지 않은 나도 고개를 내려다보고 말해야 한다. 초등 학교 때에는 엄마, 아빠랑 있는 시간보다 할머니와 있는 시간이 더 많았다. 그런데 요즘에는 할머니 집에 잘 들르지 않는다. 특히 고등 학생이 된 다음부터는 학교를 늦게 마친다는, 공부를 해야 한다는 핑계로 잘 들르지 않는다. 사실은 오락실 가고 친구랑 놀러 다닌다고 못 간 건데.

(2000년 4월 2일)

할머니

경기 안성 안성 여자 고등 학교 2학년 윤근영

아침에는 항상 할머니가 나를 깨운다. 오늘은 머리를 감는 날이기 때문에 다른 날보다 30분 빨리 일어나야 한다. 6시에 날 깨웠다. 너무 졸려서 더 자고 싶었지만 꾹 참고 밖으로 나갔다. 너무 싸늘했다.

그런데 이게 웬일인가. 따뜻한 물은 하나도 없고 미지근한 물만 남아 있는 거다. 시간도 촉박한데 데울 수도 없는 노릇이고 서서히 화가 나기 시작했다. 할머니에게 또다시 화풀이를 했다. 언제나 그랬다. 내가 잘못하고 있다는 것을 알면서도 화를 낸다. 어떤 땐 내가 말을 해 놓고도 너무 심했다는 느낌이 든 적이 한두 번이 아니었다.

머리를 감으면서 화는 풀렸지만 할머니한테 선뜻 말을 건네기가 쑥스러웠다. 차를 타러 나올 시간에 할머니가 나를 불렀다. 김밥을 썰지 않은 채로 두 덩이를 가지고 나왔다. 따뜻한 보릿물과 같이. 배고플 텐데 먹고 가라고 했다. 갑자기 눈물이 고여 왔다. 뭐라고 말하고 싶었는데 말이 나오질 않았다. 그 자리에서 눈물을 참느라 김밥 하나를 꾸역꾸역 다 먹었다. 할머니가 보릿물을 마시라고 내 입에 들이댔다.

마셨다. 너무 급히 먹었는지 물도 시원스레 내려가지 않았다. 하나는 못 먹는다고 그냥 나오려고 했는데 할머니가 가면서 먹으라고 손에 쥐어 주었다.

김밥 한 덩이를 들고 나왔다. 시간을 보니 너무 늦었다. 막 뛰면서 할머니가 주신 김밥을 조금도 남김없이 다 먹었다.

맨날 생각하지만 할머니가 불쌍하다. 다음부터는 잘 해 드려야지.

(1992년 10월 22일)

내가 살아 온 이야기

강원 고성 거진 여자 상업 고등 학교 2학년 강연순

수업을 마치고 집에 와서 교복을 벗고 사복으로 갈아입었다. 그리고 방문을 꼭 걸어 잠그고 조용한 음악을 틀어 놓고 이불 속에 누워서 이런저런 생각을 해 보았다.

어렸을 땐 엄마, 아빠의 관심을 받지 못했던 것 같다. 하지만 내가 모르고 있을지도 모른다. 표현하지 않을 뿐 마음 속 깊숙이 사랑이 있을지도…….

중학교 2학년 때의 일이다. 체육 시간에 자전거로 실기 시험을 본다고 자전거를 가지고 오라고 했다. 그 때 우리 집에 동생 자전거가 있었고, 그 자전거를 탈 수 있어서 기분이 좋았다. 모퉁이에서는 좀 힘들었지만 그런 대로 타는 편이었다.

학교 갈 때는 순조롭게 잘 갔다. 시험을 보고 수업이 끝나서 집으로 돌아오는 길에, 신흥 방앗간 쪽으로 방향을 돌리려 했는데 그 쪽에서 직행 버스가 오는 것이었다. 난 속도를 줄이고 천천히 세우려고 하는데 미끄러지는 바람에 직행 버스와 부딪혔다. 살짝 부딪혀서 많이 다

치진 않았다. 직행 버스가 서고 아저씨가 내렸다. 걸어가시던 선생님 두 분이 이 쪽으로 달려오셔서서 다친 데가 없냐고 물어 보셨다. 그래서 나는 다친 곳이 없다고 했다.

그래도 선생님은 안심이 안 되셨는지 병원에 데리고 갔다. 망가진 자전거는 걸어오던 아이들이 끌고 왔다. 몸이 쑤시고 손이 조금 긁혀서 피가 났다. 의사 선생님은 어디 아픈 데 없냐고 물으셨다. 괜찮다고 하니 까진 곳에 약을 발라 주셨다. 따끔했다.

선생님이 집에 전화를 해서 엄마보고 병원으로 오시라고 하셨다. 엄마가 어떻게 나올 줄 알기 때문에 전화를 하기 싫었지만 선생님이 오라고 하셨기 때문에 전화를 걸었다. 엄마가 받았는데 자초지종을 말하고 병원으로 오라고 하니까, 많이 안 다쳤으면 그냥 오라고 하며 전화를 뚝 끊어 버리는 것이었다. 선생님은 엄마가 오시냐고 물으셨다. 그냥 끊어 버렸다고 하니, 너무 놀란 게 아니냐고 하며 다시 걸어 보라고 하셨다. 또 전화를 걸었다. 빨리 오라고 했다. 엄마는 알았다고 하며 전화를 끊었다.

한참 뒤에 엄마는 남동생이랑 같이 병원을 찾고 있었다. 동생이 저기 있다고 하며 오더니 자전거를 뚫어져라 쳐다보았다. 얼마큼 망가졌냐고 엄마는 동생한테 물어 보았다. 동생은 많이 망가졌다며 나를 노려보는 것이다. 거기에 있던 아이들이 선생님한테, 엄마가 왔는데 자전거만 본다고 했다. 그 때 난 너무 속상했다. 나보다 자전거가 더 소중한 것인가!

일을 다 끝내고 자전거를 끌고 집으로 돌아왔다. 동생은 자전거도 못 타는 주제에 끌고 가서 망가뜨리냐며 화를 냈다. 자전거가 얼마짜리인 줄 아냐면서. 나는 할 말이 없었다. 엄마도 나보고 웬수라며 구박을 하셨다.

　못 타는 자전거를 가지고 가서 이런 사소한 사고를 낸 내 자신이 미웠다. 그래서 방에 들어가 음악을 크게 틀어 놓고 울었다. 아무리 엄마가 못 배웠다고 해도 아빠, 엄마가 낳아 준 딸인데 걱정도 안 해 주고. 내 생각엔 우리 집에서 난 필요 없는 것 같았다. '고슴도치도 자기 새끼는 예쁘다.' 라는 말이 생각난다. 부모님들은 자기 자식들이 웬수 같고 문제 아이라면 싫어할 수 있겠지만, 그래도 난 낳아 주고 길러 주신 아빠, 엄마를 싫어하지 않는다.

　일 년 반만 있으면 집에서 나가 사회 생활을 하게 된다. 빨리 그 날이 왔으면 한다. 집에서 나가면 남동생을 만나고 싶지 않다. 동생과 난 전생에 원수였나 보다. 매일 마주치면 싸우고 헐뜯고, 맛있는 것이 있어도 양보를 안 한다. 잘 해 주려고 무지 노력했는데, 연년생이다 보니 동생은 너무 까분다. 자기가 돈 내는 것이 있으면 돈을 달라고 하는데 내가 돈을 달라고 하면 뭐라 뭐라고 간섭한다. 아무리 가족이라고 해도 동생이 맞는지 의문이다. 왜 나만 싫어하는지, 만일 동생이 나한테 잘 해 주고 친하다면 나도 그렇게 동생을 싫어하지 않을 텐데 누나인 내가 못마땅한가 보다.

　동생한테 바라는 것이 있다면 누나라고 불러 주는 것과 나와 친하게 지내고, 도움이 필요할 때면 서로 도와 주는 누나와 동생 관계가 됐으면 하는 것이다. 그러나 지금은 늦었다. 어렸을 때부터 서로를 싫어했기 때문이다. 지금은 더욱 그렇다. 길가에 가다가도 남남처럼 아는 척도 안 하고, 누가 동생 있냐고 물어 본다면 없다고 그러라고까지 말했다. 동생도 내가 빨리 집에서 나갔으면 하는 생각을 많이 했을 것이다.

엄마는 자주 이런 말씀을 하신다. "중 3 때 친구 따라 같이 취업을 나갔으면 좋았는데 왜 안 갔냐?"고. 나도 친구 따라 나가고 싶었지만 큰언니가 야간 고등 학교는 힘들다면서 그냥 여기서 학교를 다니라고 했다. 만일 친구랑 같이 가면, 거기까지 쫓아가서 데리고 온다고 했다. 그래서 안 갔다는 말을 했는데도 엄마는 모른 체하신다.

좋은 기억을 일기에다 안 쓰니까 내가 진짜 불행한 아이 같잖아. 그래도 옛날에는 친구들과 소꿉놀이도 하고 술래잡기, 오재미, 깡통 차기, 비석 까기, 고무줄놀이를 하면서 재미있게 지냈던 적도 있다. 그때가 그립다.

나쁜 기억들을 잊고 새로 다가올 내 인생에 대해서 생각해 보라시던 선생님의 말씀을 기억하면 힘이 된다. 선생님께 감사를 드린다. 선생님께서는 우리 학급을 위해 노력하시는데 우리들이 잘 도와 주지 않아서 힘들어 보이신다. 몇몇 아이들이 선생님의 마음을 모르는 것 같다. 이런 아이들이 언젠가 선생님의 마음을 이해할 거라고 난 믿는다.

(일 년 동안 우리들을 위해 열심히 수고하실 선생님께 정말로 감사드려요. 선생님께서 우리들에게 주는 관심이 비뚤어지려는 아이들의 마음을 잡아 주신다는 걸 아세요? 중학교 때 선생님이 담임을 하셨을 때는 이런 것들을 몰랐거든요.)

이제부터는 나의 미래를 위해서 아무리 힘든 일을 겪는다고 해도 좌절하지 않고 이겨 내겠다. (1996년 5월 2일)

온 집안을 뒤엎었던 내 이야기

부산 부산진 고등 학교 2학년 이병덕

이 이야기는 내가 중 3 말 고등 학교 원서를 다 쓰고 나서의 일이다.

난 한번 돈을 모으기 시작하면 끝을 본다. 그래서 중 3 시작할 때부터 난 차곡차곡 돈을 모으기 시작해서 약 여덟 달 동안 20만 원이라는 큰 돈을 내 손에 쥐었다. 여덟 달 동안 돈 한 번 안 쓰고 고생고생해서 모은 돈이었다. '이제부터 이 돈을 쓸 때가 왔구나.' 하는 생각에 하루하루 생활이 즐겁고 재미있었다.

드디어 원서 쓰는 날. 오늘을 기점으로 '난 새롭게 변한다.' 라는 생각에 가슴이 벅차고 설레었다. 학교에서 일 다 보고 집으로 온 그 날 밤. 누나가 피곤한 고등 학교 생활을 마치고 지친 몸을 이끌고 집으로 왔을 때, 난 누나 앞에 서서 오른손에 10만 원, 왼손에 10만 원 쥐고 "누나! 짠―." 하면서 뒤로 감춰 놓았던 왼손을 앞으로 내민다. 순간 깜짝 놀란 누나. 거기에 덩달아 나의 오른손도 "짠―." 하면서 보여 줬다. 그런 다음의 나의 터프하고도 멋진 한마디. "총합 20만 원."

누나는 두 눈 똥그랗게 뜨고 나를 계속 쳐다본다. 그러더니 순식간에 나에 대한 태도가 달라진다. 그러면서 간도 크게 나에게 5만 원이나 빌려 달라는 누나. 난 "어째 모은 돈인데." 하면서 절대 빌려 주지 않았다.

누나의 성격을 잘 알기 때문이다. 빌려 달라고 해 놓고, 나중에 갚으라면 "그 때 내한테 돈 준 거 아니었나?" 하며 몇 번이나 얼버무리는 누나. 이래서 집안에서 싸움도 많이 일어나 부모님께 혼난 적도 많았다. 그런데 항상 꾸중듣는 건 나였다. 그 이유는 "네가 누나를 이해해 주고 존경해 줘야지." 이거였다. 오직 나이가 나보다 많고 여자라는 이유로.

계속 매달리는 누나에게 이 때다 싶어서 화를 버럭 내며 내 방에서 내쫓고 문을 잠가 버린다. 이 때까지 누나한테 쌓인 게 한 번에 다 풀리는 순간이었다. 기분이 짜릿했다. 언제 한번 이런 기분을 맛보랴! 이러면서 기분 좋게 잠이 든 나.

그 다음 날, 일어나서 기분 좋게 학교로 갔다. 원서를 쓰고 난 다음 이어선지 일찍 마쳐 주었다. 거기다 그 날이 토요일이어서 기분은 날 것만 같았다. 오늘 남포동에 가서 옷 사고 피시 방도 가고, 애들이랑 같이 노래방도 가고, 그리고 내가 태어나서 사상 처음으로 미팅을 나간다는 생각에 난 더욱더 부풀어 올랐다.

집에 와서 항상 내가 돈을 숨겨 놓는 곳, 학생 대백과 사전 3권 333쪽을 펴는 순간 너무 놀랐다. '이게 우째 된 일이고?' 하면서 난 미팅이나 오늘 놀기로 한 것 다 취소해 버리고, 하루 종일 미친 사람처럼 넋이 나가 있다가도 갑자기 짜증내기도 하고 옥상에 가서 소리를 지르기도 했다.

밤 10시. 누나가 왔다. 그런데 손에 보니 웬 쇼핑 백이 너무도 많이 쥐어진 것이다. "그게 다 뭐고?" 이러는 순간 누나는 방으로 뛰어들어 간다. 난 바로 방으로 쫓아 들어가 문을 잠그기 전에 열어서 쇼핑 백을 본다. 순간, 난 기절할 뻔했다. 그 많은 쇼핑 백에 있는 게 전부 다 옷이었기 때문이다. 그래서 난 누나를 째려보며 "이렇게 많은 옷 살 돈을 어디서 구했노?" 이러니 "아빠가 줬다." 또 내가 "아빠가 돈을 이렇게 많이 주더나?" 이러니 "내가 모은 돈도 있다." 이렇게 얼버무리는 누나. 난 "아빠가 오면 알겠지." 이러고 나오는데 부모님께서 오셨다. 난 바로 아빠를 붙잡고 "아빠, 오늘 혹시 누나한테 용돈 줬나?" 하며 물으니 아빠가 안 줬다고 한다.

그래서 바로 누나 방에 뛰어가서 문을 여니 문이 열리지 않았다. 잠가 놓은 것이다. 난 문을 발로 두들겨 차며 부수려고 했다. 그걸 보고 놀란 부모님은 날 엄청 꾸짖으신다. 난 더 화가 나서 "뭘 안다고 그러는데?" 이렇게 소리치고 계속 문을 찬다. 그 바람에 아빠가 나를 말리고 무슨 일인지 내게 묻는다. 그래서 나는 있었던 일을 울면서 다 말했다. 그러니 아빠가 내게 던진 결정적인 심문.

"니, 문 잠구고 잤다며? 근데 어디로 누나가 들어왔다는 건데?"

난 그 말에 대답 못 하고 아빠한테 꾸중을 듣기 시작한다. 그 사이에 엄마는 누나를 불러 낸다. 아빠한테 꾸중을 들으면서도 계속 누나만 죽일 듯이 쳐다봤다. 누나는 엄마한테 무슨 소릴 들었는지 몰라도 화내면서 방 안으로 들어간다. 난 아버지의 꾸중을 듣다가도 그런 누나를 보며 "니가 뭘 잘 했다고 화내노?" 이러면서 죽일 듯이 달려갔다가 아빠한테 잡혀서 한 대 맞았다. 기분이 엄청 나빴다. 그러고 나서 아빠는 누나를 잘 타일러 불러 낸다. 아빠는 누나한테 내 돈을 가져갔냐고 몇 번이고 물었지만 안 가져갔다고 누나가 말하자, 그 때마다 난 아빠한테 꾸중을 들었다.

그러나 아버지의 끈질긴 심문 덕택에 누나가 사실대로 돈을 가져갔다고 말했다. 아빠가 돈을 어떻게 가져갔냐고 묻자, 새벽에 내 방에 베란다 쪽으로 통한 창문을 통해서 들어와 한 시간 동안 내 방을 뒤진 끝에 가져갔다고 했다.

난 그것까진 생각 못 해 아빠한테 꾸중들은 일이 더 큰 짜증으로 다가왔다. 화가 났다. 내가 여덟 달 동안 돈을 쓰고 싶어도 안 쓰고 버텼던 날들을 생각하니 더욱더 화가 났다. 그 때, 나를 폭발하게 만든 아빠의 한마디.

"돈은 이미 썼다는데 쓴 돈이 화낸다고 다시 돌아오는 건 아니니깐 그냥 넘어가자."

이 한마디에 나는 아빠한테 화를 내며 엄청 따졌다. 그러자 누나가 "지금 누구한테 따지고 있노? 니 정신 나갔나?" 이런 말을 하는 것이다. 뻔뻔하게도. 그러자 아빠가 마지못해 내한테 준 5만 원……. 난 엄청 화가 났다. 20만 원의 보상으로 5만 원밖에 못 받다니. 그러자 아빠가 "안 받을래? 안 받으려면 말구……." 하면서 다시 주머니에 집어넣으려고 하는 걸 내가 뺏다시피 가져갔다. 내가 순간적으로 무너지는 순간이었다. 이렇게 20만 원 사건은 끝나고 누나가,

"돈 가져가서 미안. 다음부터는 안 그럴게. 그리고 앞으로 돈 빌려 가면 꼬박꼬박 다 갚을게."

이러면서 사과하는 누나. 어쩌겠는가? 세상 뒤져 봐도 단 한 명뿐인 누난데. 난 사과를 받으면서 이왕이면 기분 좋게 받아 주려고 웃으면서 사과를 받아 줬다. 그 순간, 집안의 분위기가 바뀌어서 집안에 웃

음이 만발하였다.

그러고 나서 약 1년 뒤. 내가 고등 학교의 찌든 생활을 마치고 돌아오니 누나가 내 앞에서 갑자기 헛기침을 하더니 돈 15만 원을 내 앞에 보여 주는 것이다. 순간 '헉.' 했지만 그리 관심을 나타내지 않는다. 왜냐 하면 돈이 사람을 사람답지 않게 만든다는 것을 지난 일을 통해 알고 있기 때문이다. 하지만 누나가 나에게 하는 말이,

"이거 내가 고 3 여덟 달 동안 하나도 안 쓰고 모은 돈이다. 내가 20 만 원 정도 모았으면 니한테 10만 원은 줄 건데 내가 돈 좀 써서 15 만 원 모았다. 자, 8만 원."

하면서 내게 건네는 것이다. 너무 기분이 좋았다.

이 글을 쓰면서 내가 하고 싶은 말은 돈에 미련 갖지 말자는 것이다. 돈이란 때때론 사람을 기분 좋게 만들 수도 있겠지만 돈 때문에 사람이 짐승처럼 변하는 경우도 더러 있기 때문이다. 지금 이 사회가 그렇게 변하지 않았나 싶다. 돈이란 것에 정신을 잃고 쫓아다니면 그 사람은 그 때부터 사람이 아닌 짐승으로 변하는 것이다. 그러므로 돈에 미련 갖지 말자. (2000년 4월 11일)

앉아 있지도 못해

인천 선화 여자 상업 고등 학교 3학년 이은진

시험 끝난 다음 날 오후, 내 친구 두 명이랑 할 일 없이 빈둥빈둥 우리 집에 있었다.

"시험두 끝났는데 이게 뭐냐?"

어디 건수 없나 고민하던 중, 부평 여상 친구인 순주에게서 전화가 왔다. 남자 애들 만나는데 빨랑 나오라고. 나는 급히 순주네로 갔다.

5시쯤 순주랑 꽃단장을 하고 주안으로 갔다. 남자 다섯 명, 여자 다섯 명.

우선 촛불 커피 숍에 가서 간단하게 맥주를 마셨다. 9시쯤 넘어서 나왔다. 오늘 뽕을 뽑자고 했다.

오랜만에 나온 거라 나도 목숨을 내놨다. 2차로 쥬노 나이트 클럽에 갔다. 가서 신나게 놀았다. 12시 넘어서까지.

나와서 3차로 호프 집에 갔다. 그 때부터 걱정이 되기 시작했다. 우리 언니 무서운 건 내 친구라면 다 아는 사실이었기 때문이다.

"설마 죽이기야 하겠냐!"

하며 깡을 부렸다. 물론 죽이진 않았다. 아니, 차라리 난 죽었음 하는 심정이었다.

집에 들어가자 엄마와 남동생은 날 신경도 쓰지 않았다.

언니 왈,

"이은진! 너 따라 들어와!"

하늘이 무너지는 것 같았다. 예상한 일이었지만 정말 겁이 났다. 방으로 들어가자 언니는,

"엎드려뻗쳐!"

난 아무 말 않고 그렇게 했다. 잘 세어 보진 않았지만 한 30대 넘게 맞은 거 같았다. 몽둥이 두 개가 부러졌다.

나중엔 날 잡아잡수 하는 심정으로 버텼다. 안 엎드리고 개기다가 더 맞았다. 아무 데나. 그러다 어깰 맞았는데 뼈가 너무 아파서 숨도 제대로 쉬지 못하고 있었다. 근데 언니는,

"엄살피지 마. 너 내가 무슨 과인 줄 알지? 간호학과야. 너 그 정도론 뼈 안 부러지니까 빨리 엎드려."

뼈 안 부러진단 말에 안심(?)을 하고 또 맞았다. 물론 그 상태에서 언니랑 맞짱뜨든지 집을 나올 수도 있었다. 하지만 문 밖엔 내 동생이 있었다. 내가 모범 아닌 모범을 보여야 한다고 생각했다. 내가 잘못을 했으니 대가를 치러야 내 동생은 안 그럴 것이라고…… 그런 생각과 내가 잘못한 걸 알고 있어서 버틸 수 있었던 거 같다.

난 정말 뼈저리게 느꼈다. 너무 아프다는 것과 다신 이러지 말아야겠다는 걸. 근데 억울하단 맘은 들지 않았다. 너무 재밌고 신나게 놀았기 때문에. (1997년)

오빠

강원 고성 거진 여자 상업 고등 학교 2학년 이안영

요즘은 정말 집에 오기가 싫다. 오빠가 집에 와 있기 때문이다. 오빠가 있는 한, 난 하루도 편할 날이 없을 것이다.

오늘만 해도 그렇다. 오빠 옷 놔 두고 내 옷, 그것도 내가 좋아하고 아끼는 것만 쏙쏙 가져가서 입는다. 벗으라고 해도 전혀 말을 안 듣는다. 오히려 치사하다며 소리만 버럭 지른다. 먹은 것은 고스란히 그 자리에 펼쳐 놓고 치우지도 않는다. 학원 시간 때문에 빨래를 돌리기만 하고 오빠보고 좀 널라고 그렇게 신신당부를 했는데 여전히 그 많은 빨래는 세탁기 안에 있었고, 막국수 시켜 먹은 그릇 역시 그 자리에 널려 있었다. 학원 갔다 오자마자 이런 꼴을 당하니 얼마나 신경질이 나고 미치겠는지 아무도 모를 것이다.

제발 빨리 먼 곳으로 가 주었으면 소원이 없겠다. 욕은 또 얼마나 잘 하는지 듣기에 거북한 욕을 아무렇지도 않게 한다. 가슴과 등에는 진짜 문신인지는 모르겠으나 용 같은 그림을 엄청 크게 새겨 놨다. 처다보기도 싫다. 오빠는 그것이 자랑스러운 것인 줄 착각하고 있다.

조금 있으면 기말 고사인데 엄청나게 지장받을 것이다. 오빠에 대해서 이런 얘기 하는 게 정말 창피하고 수치스럽지만 정말 싫다. 핏줄인데도 남보다 더 싫다. 친구들 오빠와 비교해 보면 더 그렇다.

중학교도 못 마쳐 조금만 얘기를 해도 답답하고 무식이 드러난다. 그런 오빠를 보고 있으면 왜 삶을 그렇게밖에 못 사는지. 공부하기 싫어 학교, 집 모두 뛰쳐나갔으면 기술이라도 배워 열심히 일이라도 해야 될 텐데 그것도 안 하고, 이다음에 어떻게 하려고 그러는지 답답하기만 하다.

그래도 오빠라고 자존심은 지키고 싶어서, 내가 조금만 뭐라고 꾸지람해도 신경을 곤두세운다. 이것저것 다 무시하고라도 제일 싫은 건 상스러운 말을 입에 담는 것과 거짓말을 한도 끝도 없이 해대는 거다. 예를 들면, 아주 사소한 것에서부터 시작한다. 내 연습장 가지고 갔냐고 물으면 뻔히 다 아는데도 안 가지고 갔다고 그러고, 저축은 하고 있냐고 물으면 무조건 했다고 그러고, 직장에서 조금 버티고 있나 싶더니 싫증나고 힘들어서 집에 와 놓고는 휴가 왔다고 한다. 다 생각이 안 날 정도로 수도 없이 많다. 아니, 오빠의 생활이 거짓말의 연속이라고 해도 과언이 아닐 정도다. 난 이제 그 거짓말에 익숙해져 있고 오빠의 거짓말에 관한 한 눈치가 엄청 빠르기 때문에 어떤 것이 거짓말이고 진짜인지 뻔히 다 안다. 그런데도 오빠는 자꾸 거짓말만 한다.

얼굴 마주치기도 싫다. 남들은 '그래도 오빤데.' 하겠지만 나에겐 그렇게 가벼운 마음으로 받아들여지지 않는다. 제발 정신 좀 차려서 열심히 살았으면 좋겠다.

그래도 옛날엔 괜찮았는데 왜 이렇게 되어야만 했는지 알 수가 없다. 오빠 말로는 어머니가 없어서 자기 인생이 이렇게 됐다고 하지만 그렇게 생각하는 건 틀린 거 같다. 우리가 어렸을 때 부모님은 이혼하셨다. 오빠처럼 생각하면 부모가 모두 없는 수많은 아이들은 모두 어떡하라고.

내 생각엔 오빠의 인내심이 부족한 거 같다. 조금만 참고 견디면 됐을 것을 그것이 힘들어서 뛰쳐나가고 아빠를 비롯한 가족 모두를 힘들게 하고 결국에 와선 누구 탓으로 돌리고 있다. 나도 포기하고 싶다고 생각한 때가 수도 없이 많았고 힘든 시기도 많았지만 참고 견뎠는데, 오빠는 나보다 뭐가 부족해서 참지 못했는지 안타깝기만 하다.

내가 이제 와서 오빠의 과거를 안타까워해도 소용 없는 일이다. 다만, 오빠에게 바라는 점은 지금이라도 마음잡고 기술 배워서 돈이라도 많이 저축해 놨으면 좋겠다. 월급 타면 흥청망청 다 써 버리고 아빠한테 손벌리는 모습을 보면 정말 화가 난다. 배움에서 남들한테 뒤졌으니 물질로라도 나은 면이 있어야 된다고 생각한다.

언젠가는 후회할 것이다. 그 땐 이미 늦었을 것이다. 그래도 오빠가 열심히 살아가 주길 진심으로 바란다. (1996년 6월 26일)

미운 아빠

강원 속초 속초 상업 고등 학교 1학년 한혜주

난 아빠를 무지 싫어한다. 내가 유치원에 다닐 때부터 아빠를 싫어
했다.

내가 일곱 살 때 우리 아빠는 교통 사고를 냈다. 밤에 봉고 차를 몰
고 가다가, 사람이 술에 취해 도로변에 누워 있었는데 그걸 못 보고
그냥 지나가서 그 사람은 죽었다. 원래는 아빠 잘못이 아니다. 그 사
람이 술 먹고 도로에 누워 있었기 때문이다. 근데 그 때, 아빠는 운전
면허 정지를 당한 상황이어서 모든 것이 아빠의 잘못으로 인정되어
교도소에 갔다. 그 때부터 엄마는 그 죽은 남자의 가족들과 싸웠다.

합의금이 없어서 이리저리 돈을 꾸러 다니는 엄마가 불쌍했다. 잠
을 자다 훌쩍훌쩍하는 소리가 들려서 일어나 보면, 이불을 머리까지
뒤집어쓰고 엄마는 울기도 많이 울었다. 몇천만 원을 꾸러 다니기엔
너무 힘들었나 보다. 자꾸 합의금으로 싸워서 합의가 안 됐다. 합의금
을 많이 받으려는 죽은 남자의 가족들은 우리 집에 와서 자기도 하고
죽은 남자 사진을 가지고 와서 막 통곡하며 울었다. 난 그 때 아빠 한

사람 때문에 여섯 식구가 힘들어해야 한다는 게 싫었다. 얼마 뒤 친척 집, 아는 사람, 모르는 사람 다 동원해서 돈을 꿔서 합의를 하고 아빠는 석 달 만에 집에 왔다.

난 아빠가 새로운 시작을 한다는 기분으로 살길 바랐다. 빚이 많기 때문에 아빠가 돈도 많이 벌기를 바랐다.

하지만 아빠는 예전보다 더 술을 많이 마시고 또 엄마를 때렸다. 밤이면 술을 먹고 엄마랑 말다툼하다 계속 치고 받고 싸웠다. 그 날은 우리 식구 모두 잠을 못 잤다. 그래서 계속 싸움 말리다. 울다. 그러다가 학교에 부은 눈을 비비며 간 적도 많았다. 아빠는 취직도 안 하고 엄마가 하는 가게에서 잠만 잤다. 가끔 엄마를 도와 주긴 하지만, 그럴 때마다 아빠와 엄마는 말싸움을 많이 하셨다. 난 아빠가 너무너무 싫고, 아빠가 빨리 죽기를 바랐다. 아빠만 없으면 우리 식구가 아주 행복하게 살 것 같았기 때문이다.

내가 국민 학교 3학년 때, 우리 집은 '한일 숯불갈비' 라는 갈비 집을 했다. 갈비 집엔 항상 사람들이 많았고 아빠는 숯불을 만들고 엄마는 음식을 만들며 다시 좋은 가정으로 행복하게 살았다. 그것도 잠깐. 우리 가게 옆에 정비 공장이 생겼는데 그 곳의 사람들은 날이 덥고 손님이 없으면 탁자 위에 판을 깔고 카드를 했다. 그 곳으로 배달을 가던 아빠는 배달 갈 때마다 오는 시간이 점점 늦어졌다. 카드놀이를 보고 또 가끔씩 하기도 했다. 그렇게 두서너 달이 지났을까. 아빠는 손님이 많아도 숯불을 만들지 않고 카드만 했다. 불꽃을 피울 때 불이 튀는데 엄마는 손에 장갑을 끼고 불꽃을 피해 가며 그 뜨거운 숯불을 피웠다. 밤에 엄마가 잘 때 몰래 들어와 그 날 판 돈을 모두 가져가 카드를 한 적도 많다. 정말 아빠가 한심하고, 미웠고, 도박에 미친 사람 같았다.

아빠 없이 갈비 집을 하기엔 너무 힘들었는지 내가 국민 학교 6학년 때 갈비 집을 하지 않았다. 갈비 집을 없애고 호프 집을 했다. '브뤼셀' 이라는 이름이다. 수복탑 근처에 있어서 잘 될 거라 믿었는데 요번에도 아빠가 말썽이다. 술 좋아하는 아빠가 술 장사하는 엄마 가게에서 매일 술을 마셨다. 친구들을 데리고 와서 공짜로 마셨다. 아빠 친구들이 보기엔 의리 있고 술 잘 마시고 친구가 부르면 언제나 반갑게 나가는 아빠가 좋은 친구로 생각될진 모르겠지만 우리 가족에겐 빵점이었다.

언니와 나 그리고 두희는 엄마만 좋아했고 아빠랑은 말도 안 했다. 그렇게 중학교에 올라와 그럭저럭 살다 중 3 때 엄마가 우리를 배신했다. 술만 먹으면 엄마를 때리고 우리를 잠도 못 자게 하는 아빠가 이젠 싫어졌나 보다. 위자료도 안 받고 엄마는 아빠와 이혼을 했다. 언니와 나 그리고 할머니, 아빠랑 살게 되었다.

언니는 예전부터 반항을 많이 했다. 밤늦게 다니고 야한 옷을 입고 다니고 아빠한테 많이 맞았다. 그럴 때마다 엄마가 위로해 주고 타일러 줬다. 그런 엄마가 없이 아빠랑 살기엔 언니는 너무 엄마를 좋아했고 아빠를 싫어했다. 언니는 며칠 있다 집을 나갔다. 언니랑 연락되는 사람은 나뿐이다. 가끔 언니를 만나 얘기를 하고, 언니가 돈도 주었다. 학교 다니는 학생은 버스비 6백 원이랑 교복만 있으면 된다고 생각하는 아빠에겐 용돈과 옷값, 책값 등은 먹히지도 않았다. 언니는 학교 다니며 일을 했다. 레스토랑에서 저녁때 일을 하는데 무지 피곤한 것 같았다. 그래서 맨날 학교에서 잠만 잔다고 했다. 이런 언니가 너무 불쌍하고 고마웠다.

고입이 다가왔다. 집에선 아무도 몰랐다. 아빠는 내가 상고 가는지, 여고 가는지, 언제가 고입인지, 공부는 하고 있는지, 아무것도 물어 보지 않았다. 부담이 안 돼서 좋았지만 무관심이 그렇게 무서운 건지 몰랐다. 그리고 졸업식날에 내 곁엔 아무도 없었다. 친구들은 꽃다발을 받고 사진을 많이 찍어 주는데, 나를 축하해 주러 온 사람은 아무도 없었다. 아빠는 그 날 졸업식인 줄 몰랐을 거다. 아빠도 물어 보지 않았고 나도 안 가르쳐 주었기 때문이다.

난 상고에 입학했다. 그리고 언니는 학교를 그만뒀다. 꾸미고 싶고 사고 싶은 것도 많은 언니는 쥐꼬리만한 돈으로 학교 생활을 할 수 없었을 것이다. 언니는 지금 서울에 있다. 가끔 연락을 하는데 잘 있다고 한다. 나도 집을 나가고 싶다. 하지만 욕은 많이 하시지만 호강 한번 못 해 본 할머니가 불쌍하고, 아직 어린 내 동생 두희가 너무 불쌍해서 나갈 수가 없다.

아빠는 요즘 도로를 만드는 일을 하신다. 노란색 차를 모는 일이다. 한 달 전까지만 해도 '한일 건업'에 다녔는데 직업을 바꾸셨다. 텔레비전에서 명예 퇴직을 한다고 한다. 아빠가 회사 다닌다면 그런 위기였을 텐데 직업을 바꿨다. 한심하고 바보 같았다.

저번 주 토요일에 학교에서 내려갈 때 도로를 다시 까는지 바닥이 찐득찐득하고 열이 아직 안 식어서 뜨거웠다. 더운 날씨에 짜증이 나고 땀이 났다. 그렇게 불만을 갖고 길을 걸어서 집에 갔다. 그 날 저녁 아빠가 들어오시는데 얼굴이 빨갛고 눈이 풀리고 옷이 더러워서 냄새가 났다. 난 아빠한테 "술 먹었나?" 하니깐 아빠가 도로 만들다가 너무 더워서 탔다고 했다. 그것도 우리 학교에서. 우리가 집에 갈 땐 많이 식은 상태였다고 한다. 그 때, 아빠가 우리를 위해 더운데도 일

하는 게 너무 고마웠다.

이젠 아빠를 조금씩 이해하고 좋아해야 할 것 같다. 난 아빠를 모셔야 하니깐. 아빠도 아빠 나름대로의 생각과 고민이 있을 거라는 생각이 든다.

어제 학원 갔다가 들어와 보니 아빠가 텅 빈 집에 문을 겨우 열고 들어왔는지 문지방에 걸터앉아서 자고 있었다. 할머니도 없었고 동생도 없었다. 술에 취한 아빠를 옮길 힘이 없어서 옷을 대강 벗겼다. 그리고 양말을 벗겼다. 지독한 발 냄새가 났다. 얼마나 더웠을까! 그 더위에 뜨거운 걸로 도로를 만드니깐 아빠가 무지 불쌍했다. 그것도 긴팔 긴바지를 입고 일하신다. 반팔을 입고 하시면 아마 살이 다 익을 것이다.

난 빨리 어른이 되고 싶다. 아니, 스무 살이 되고 싶다. 그래서 취직해서 돈을 벌어서 우리 집을 잘 살게 하고 싶고, 할머니, 아빠를 모시고 동생을 잘 키우고 싶다. 우리 집은 내가 잘 돼야 잘 된다는 생각을 하고 열심히 하고 싶다. 힘들 땐 밉지만 아빠 생각은 할 것이다. 언젠가는 우리 집도 언니랑 나랑 아빠랑 할머니랑 동생이 얼굴에 웃음 가득하게 웃을 수 있는 날이 올 거라고 믿고 열심히 살 것이다.

(1997년)

큰아빠와 화초

인천 선화 여자 상업 고등 학교 3학년 오세미

"엄마, 빨리 밥."

여느 때와 다름없는 아침이었다.

'따르릉 따르릉.'

왠지 모를 불안감에 고개를 돌려 전화를 쳐다봤다. "여보세요." 아빠의 목소리가 들렸다. 왠지 예사롭지 않을 듯싶은 전화였다. "네, 알겠어요." 하시고 수화기를 내려놓고 아빠는 서둘러 나가셨다. 아빨 배웅한 엄마 말에 의하면 "큰아빠가 위독하시대."라고 말씀하셨다. 아주 낮고 놀라지 않은 목소리였다.

이쯤 해서 큰아빠 얘길 해야겠다. 큰아빠는 할머니와 할아버지의 3남 3녀 중 맏아들이시다. 내가 이 세상에 태어나기도 전에 할아버지는 돌아가셨다. 큰아빠가 할아버지 몫까지 하셨다고 한다. 그래서인지 제일 큰아빠는 할아버지처럼 편하고 자상하셨다. 큰아빠는 강화 어느 학교 서무과에서 일을 하신다.

그리고 큰아빠에게는 아들 두 명과 딸이 한 명 있다. 모두 결혼을 했다. 하지만 막내오빠는 달랐다. 어렸을 때 약을 잘못 먹어서 정신이 이상하다. 큰아빠는 막내오빠가 이렇게 된 게 다 큰아빠 잘못이라고 생각하신다. 그래서 큰아빠는 막내오빠한테 각별히 신경을 더 쓰신다. 외출이 거의 없는 오빠를 위해 큰아빠는 매일 저녁 산책을 같이 하러 나가신다. 그리고 오빠 씻어 주는 것도 모두 큰아빠 혼자 하신다. 그렇게 애쓰시는 큰아빠의 모습을 보면 항상 안쓰러운 생각이 많이 든다. 그리고 큰아빠는 건강에 대해 신경을 많이 쓰신다. 옛날에는 느끼지 못했는데 지금 생각해 보니 큰아빠는 약을 참 많이 드시는 것 같다.

차분하고 꼼꼼한 성격 탓에 집에는 많은 화초들이 있다. 화초 관리 또한 큰아빠 몫이다. 큰댁에 오면 엄만 항상 큰아빠께 물어 봤다.

"어머, 이 꽃들 핀 것 좀 봐. 어떻게 하면 이렇게 잘 자라요? 네?"

"항상 관심을 갖고 만져 주고 봐 주면 돼요. 제수씨도 그래 보세요."

하며 큰아빠는 미소를 띠신다. 이렇듯 큰아빠는 정말 세심하고 온순하고 착하신 분이다.

고모들은 큰집에 자주 온다. 그리고 고모들도 큰아빠를 아주 좋아하는 것 같았다. 항상 큰아빠 건강에 신경을 쓰신다. 고모들이 오면 항상 이 말을 빼지 않고 한다.

"오빠, 내가 잘 아는 병원이 있는데 거기서 종합 검진 좀 받아 봐요. 오빠 나이도 있는데…….. 나도 벌써 검사받았어. 오빠, 건강은 건강할 때 지켜야 해."

하지만 큰아빠 대답은 항상,

"괜찮아. 내 몸 이상하면 내가 먼저 간다."

라고만 말씀하셨다. 그런데 웬일인지 병원에 가셨다고 한다.

검사 결과가 나오기 전, 큰아빠는 갑자기 잘 자라고 있는 화초들 흙을 모두 새 것으로 갈아 주셨다고 한다. 그리고 며칠이 조용히 지나갔다. 검사 결과 '간암 말기'라고 한다. 의사 선생님이 "이 정도면 굉장히 아팠을 텐데요……."라고 하셨다. 정말 큰아빠는 모르고 계셨을까? 이 소식을 들은 친척 모두는 믿을 수가 없고 그저 놀랄 수밖에 없었다.

그 후 아빠는 큰댁에 자주 내려가신다. 다녀오시면 항상 이 말만 하셨다.

"형이 작아지고 있어. 아주 작아."

난 보질 못해 믿을 수가 없었다.

큰댁에는 여든이 훨씬 넘으신 할머니가 계셨다. 이 일 이후 할머니를 우리 집으로 모시게 됐다. 할머니는 모르는 눈치였다. 그리고 얼마 안 가 할머니 생신이 다가왔다. 당연히 할머니께서 우리 집에 계시니깐 생일을 우리 집에서 해야 되지만 큰아빠께서 할머니를 몹시 보고 싶어하신다고 한다. 그래서 우린 큰댁으로 할머니를 모시고 큰아빠를 뵈러 갔다. 큰아빠 소식을 듣고 처음 가는 거라 왠지 긴장이 됐다. 할머니와 함께 무거운 마음으로 문을 열었다. 열자마자 제일 반기는 건 큰아빠셨다. 야윌 대로 야윈 모습. 헐렁한 잠옷. 한 움큼 빠진 듯싶은 머리카락……. 하지만 밝게 웃으며 반기는 모습은 예전 그대로셨다. 큰아빠는 두 팔을 벌려 할머니를 안으시면서,

"아이고, 어머니, 어서 오세요. 올라오시느라 힘드셨죠? 몸도 괜찮으세요?"

정말 모든 게 다 그대로인 것 같은데……. 큰아빠는 또 금세 방으

로 가 누우셨다. 큰엄마는 우리 식구를 보자 울음을 터뜨리셨다. 할머니 생신도 그렇게 조용히 무겁게 보냈다. 헤어질 때 큰아빠는 무척 힘들어 보였다. 집에 오는 길에 아빠는 그러셨다.

"형이 어머니한테 잘 보일려고 진통제를 많이 먹었어. 원래는 저러지도 못하는데……."

정말 너무 가슴이 아팠다.

할머니는,

"몸이 좀 좋아졌나 보더라. 꼭 나아야 할 텐데……."

라고 말씀하셨다. 이 말이 우리 모두를 더 안타깝게 했다.

다음 날, 고모들이 큰댁에 갔다 왔다. 올라오는 길에 우리 집을 들르셨다. 난 고모들끼리 하는 말을 들었다.

"오빠 방에 웬 검은 옷 입은 남자가 서서 계속 쳐다보다가 가곤 그런대……."

"불쌍한 오빠. 오빠가 무슨 죄가 있길래. 흑흑흑."

고모들도 참았던 눈물을 흘렸다. 내 눈에도 흘렀다.

"막내가 달라졌다. 오빠가 아픈 뒤로는 오빠 근처에도 안 간대. 소리지르지도 않고 찾지도 않는대……."

그랬다. 막내오빠는 정신이 이상했다. 앞에서 말했듯이 약을 잘못 먹어, 생각이 어린 아이 같다. 우리 아빠보고도 삼촌, 이모…… 라고 한다. 나보고도 언니라고도 한다. 하지만 얼굴을 알고 우리가 친척 관계라는 건 안다. 그리고 눈치도 본다. 항상 큰아빠한테 모든 걸 의지하고 화도 내고 어리광도 피우는 막내오빠의 모습이 이제는 달라진 것이다.

'오빠도 큰아빠에 대한 나쁜 기운을 느꼈을까?'

이 일이 있은 뒤 오늘 이 전화가 왔다. 아빤 벌써 며칠째 병원에 계신지 모른다. 가족들의 보살핌도 소용이 없었는지 큰아빠는 곧 우리 곁을 떠나셨다. 내 나이 열여덟 살, 지금껏 내 주위 사람이 죽은 것은 이번이 처음이다. 이런 일에 대해서는 한 번도 생각해 보지 않아서 당혹스러웠다. 큰아빠의 관이 내려가는 모습을 보았다.

'정말 저 안에 나의 큰아빠가 계신 걸까?'

다시 한 번 의심이 생긴다. 언니가 통곡하는 모습을 보며 '먼 훗날 나도 저런 날이 오겠지?' 라고 생각하니 왠지 모를 후회가 생겼다. 할머니는 하늘만 보고 계셨다. 장례식이 끝난 뒤 아빠는 큰댁에 가셨다. 집에 오셔서는 이 말 한마디만 하셨다.

"그 잘 자라던 많은 화초들이 다 죽었어." (1999년)

진의 방 천장의 비밀을 밝힌다!

강원 속초 속초 상업 고등 학교 2학년 최진

너희들한테 그리고 선생님한테도 정말 하고 싶지 않았는데 단독 주택에 사는 친구들을 위해 내가 희생된 거라 생각하고 쓴다.

2월 27일, 우린 앞에 썼던 일기 내용처럼 멋진 집을 짓고 이사를 갔단다. 책, 옷, 가구 따위를 잘 정리해 두고 넓은 우리 방을 가진 언니와 난 무지무지 행복해했지.

한 달 정도 지나서였어. 갑자기 우리 방 천장에서 무언가가 '따다다다.' 뛰어다니는 소리, '때구르르르.' 구르는 소리, 무거운 물체가 천천히 기어가는 듯한 소리 등 이상한 소리가 들려 왔어. 언니와 난 '뭐, 쥐 몇 마리가 들어왔나 보다.' 하고 신경도 안 썼어.

한 2주 정도 지나니깐 천장에 누리끼리한 기름때 같은 무늬가 생기는 거야. 처음엔 그냥 지나쳤어. 그러다 며칠 동안은 좀 조용했지. 근데 책상 위쪽에 있는 환풍 구멍으로 뭔가가 계속 쳐다보는 듯한 기분이 드는 거야. 라디오를 아주 신나게 듣고 있다가 한순간 갑자기 등골이 오싹해지더라구. 환풍 구멍으로 천천히 쳐다봤지. 근데 웬일이니?

글쎄, 고양이 눈이 환하게 비치는 거야. 어후, 놀래라. 내가 안 보면 저도 안 보고 내가 보면 같이 쳐다보고. 정말 소름끼치지 않니?

그 날, 난 난리를 피웠어. 집안 식구들한테 그 얘길 했더니, 설마 천장에 고양이가 있겠냐며 이상하게 보더라구. 쥐 눈을 잘못 본 게 아니냐며 대수롭지 않게 말하는 거야. 정말 돌아 버리겠더라. 고양이가 내 눈에 보인 이상 내가 고양이를 너무너무 싫어해서, 내 눈에 또 보이도록 할 순 없어서 그 구멍에 바람이 안 통하도록 두꺼운 테이프로 쫙쫙 붙여 놨지. 당연히 고양이는 내 눈에 보이질 않았어.

근데 또 요란한 소리가 나고, 정말 참을 수가 없을 정도야. 두세 마리(뭔지 모름.)가 치고 받고 물어뜯고 싸우는 소리가 '쿠당탕 깽깽.' 정말 미칠 것 같았다구. 소리가 왜 그리 크게 들리던지. 이 정도면 봐준다. 2~3주일 지나 아마 3월 중순쯤부터는 개미도 많이 생기고 공벌레, 집게벌레 별 희한한 벌레가 슬슬 기어 나오는 거야.

이 정도라도 좀 참겠는데 전엔 구석에 있던 짐 정리 한다고 바구니를 들자마자 생긴 일. 이 때다 하고 벼른 것처럼 힘차게 꿈틀거리며 나오는 구데기. 으아악, 이럴 수가. 여자 방에서 구데기라니…….

한 번 이러고 나서 하루에 세 마리에서 많으면 다섯 마리 이상 잡히는 거야. 천장에 누리끼리한 무늬는 점점 커지고 찝찝해서 못 살겠더라구. 천장에 난 무늬에 호기심이 생겨서 의자 밟고 올라가 코를 들이대고 "킁킁." 냄새를 맡아 봤지. 이상한 짐승 털 냄새가 솔솔 나.

언니랑 아빠를 데려다 놓고선 아무래도 구데기가 판을 치고 개미도 슬슬 기가 사는 거 보니 이거 분명 쥐나 고양이가 죽어 있는 것 같다고 말을 하니 그런가 보다고, 나와 같은 생각을 하면서도 계속 몇 달을 구데기, 개미, 공벌레, 별 더러운 벌레랑 같이 살게 했는데 벌써 6

월 초. 이젠 흰 구데기가 아닌, 시꺼멓고 털도 숭숭 난 구데기 사촌이 턱 나타난 거야. 책상 의자에 앉아 있는데 발바닥이 근질근질해서 개미인 줄 알고 힘껏 뒤꿈치로 내리치고 비벼 댔다. 으으윽, 정말 느낌이 달라서 밑을 본 난 까무러칠 뻔했단다. 그 까만 구데기가 사정 없는 내 발에 짓밟혀 몸의 형태가 거의 없어져 발에 다 붙어 있는 거 있지.

그 때처럼 깨끗하게 씻어 본 적이 없을 거야. 씻고 또 씻고 네 번 정도 씻었나? 때밀이로 빡빡!

한 10일 정도 계속 그 불결한 구데기가 발견됐다. 언니는 벽을 설설 기어 올라가는 걸 잡았다 하고, 옷 입다가 떨어진 벌레, 자다가 가려워서 잡은 것. 언니도 나 없을 때 고통을 겪었나 보더라구. 정말 안 되겠다 싶어 아빠한테 부탁했지. 내일 무슨 일이 있어도 천장 속 좀 들여다보라고.

나 학교 가 있는 동안 했는지 집에 돌아오니 언니가 얼굴을 찡그린 채 따라 들어와 천장에 숨겨진 비밀을 설명하는 거야.

아빠가 지붕 한쪽을 뜯어서 보니 이건 진짜 아빠도 기절할 일. 모두 입을 꽉 막고 준비해!

고양이 시체가 있더란다. 그것도 엄청 큰 고양이가. 머리는 형체가 거의 남아 있는데 몸뚱이랑 꼬리가 아주 힘없이 늘어져 있더래. 뼈랑 털이랑 누런 것들이 여기저기 흩어져 있고, 쥐 죽은 시체도. 구데기도 말라 비틀어진 거랑 쥐똥하며. 정말 살다 살다 첨 봐! 얼마나 큰지 눈삽 가지고 쳤다는데 상상이 되냐? 안 떨어져서 떼어 내느라 고생하셨던 아빠가 얼마나 고맙던지. 여섯 시간 정도 지붕 한쪽은 뻥 뚫려 있는데 고양이가 쳐다보던 환풍 구멍(테이프 붙였던 곳.)으로 쳐다보니 테이프에 죽은 구데기가 빠글빠글.

으윽, 끔찍하지? 너흰 생각도 못 할 거야. 근데 진짜 천장 무늬를 보면 고양이가 누웠던 시체 모양이랑 비슷해. 한번 그려 볼까? 비슷하지?

으윽, 끔찍하다. 생각하기도 싫다. 단독 주택에 사는 애들은 조심하라구. 천장에서 이상한 소리가 들리거나 무늬가 나타나면 지붕부터 뜯어 봐! 도움이 되냐? 속이 좀 느끼하지?

참, 이젠 괜찮아. 천장엔 아직 무늬가 있지만 방에서 구데기 같은 벌레는 안 나오거든. 놀러 와도 된다고! 히히! (1996년 6월 24일)

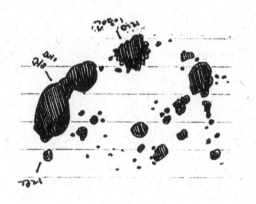

3부 저녁 불 때기

― 일하는 이야기

충남 부여 부여 여자 고등 학교 1학년 이혜리 그림

낡은 브레이크 페달

부산 중앙 고등 학교 1학년 정명학

친구들이나 선생님께서 가끔 나에게 아버지의 직업을 묻는다. 그럼 나는 개인 택시 하신다고 대답한다. 그럴 때면 "너거 집 꽤 잘 살겠네?"란 말들을 한다. 난 이 말을 들으면 기분이 나빠진다. 사실은 그렇지 않기 때문이다. 돈만 잘 벌면 잘 사는 것인가? 사람들은 개인 택시가 얼마나 힘든 직업인지 잘 모른다.

우리 아버지는 참으로 부지런하신 분이다. 몇 해 전만 하더라도 우리 아버지는 아침 6시에 나가셔서 저녁 9시에 들어오셨다. 별것 아닌 것 같지만 열다섯 시간이나 차 타고 여행 갔다고 생각해 보라. 온몸이 뻐근하고 저리고 몸을 움직이지 못해서 근육이 굳어 있을 것이다. 그만큼 힘든 일이다. 아니, 이 일은 힘든 걸 넘어서 고통스러운 거다. 게다가 비번 전날에는 밤 1시나 2시까지 하신다. 보통 인내가 아니면 해내기 어렵다.

우리 아버지는 이렇게 일을 하셨어도 건강하신 편이다. 왜냐면 술 담배를 좋아하지 않으시고 생활도 규칙적이기 때문이다.

그러나 작년 들어서부터 아버지는 갑자기 쇠약해지셨다. 아니, 조금씩 몸이 약해지신 거다. 일하러 나가시는 시간은 늦고, 돌아오시는 시간은 일러졌다. 중학교 다닐 때는 잘 몰랐는데 고등 학교에 오니 정신이 약간 들었는지 이런 아버지가 너무 불쌍하다는 생각이 든다. 그리고 죄송했다.

지난 일요일 아침, 아버지가 세차하자고 깨우셨다. 나는 막 짜증을 내며 일어났다. 공부한다는 핑계로 사실 아버지 세차 도와 드린 적이 별로 없었다. 세상에서 가장 쉬운 공부를 하면서 그렇게 생색을 낸 것이다. 지금 생각하니 너무나 부끄럽다. 그렇게 나는 일어나서 부시시한 몸으로 물통과 세제를 들고 아파트 주차장으로 갔다. 아침이 쌀쌀해서인지 잠이 금방 깨었다.

"일단 물걸레로 대충 닦고 마른걸레로 물기를 닦고 난 다음, 왁스를 먹여야 한다."

이렇게 아버지가 시키시는 대로 세차를 도와 드렸다. 처음 물걸레로 대충 닦고 마른걸레를 찾으니 마른걸레가 없었다. 걸레를 찾는다고 운전석 문을 열었다. 나는 운전석 밑을 살폈다. 그 순간 브레이크 페달이 보였다. 브레이크 페달 닳지 말라고 말발굽처럼 씌워 놓은 쇠덮개가 닳아서 다 해어져 있었다. 이것을 보니 가슴이 아팠다. 얼마나 밟아 대셨으면 이 쇠가 다 닳아서 해어졌을까? 이렇게 페달이 닳은 만큼 우리 아버지의 몸도 닳고 있었다. 내 자신이 너무나 부끄럽고 하찮아 보였다. 아버지는 이렇게 고생하시는데……

가끔 아버지께서 안마를 해 달라고 하신다. 형이 있을 때는 힘센 형이 했지만 지금은 군대에 가서 그 자리를 내가 대신하고 있다. 안마를 하면서도 아버지의 여윈 다리를 보며 가슴이 아팠다. 하루 내내 차 안

에만 계신다고 운동을 못 하신 탓에 가면 갈수록 아버지의 다리가 가늘어져 갔다. 그렇게 아버지는 여윈 다리로 오늘도, 그리고 내일도 돈 아낀다고 갈지도 못하는 브레이크 페달을 우리 가족을 위해 밟으시는 것이다.

작년 이후로 아버지의 몸은 더욱 약해지셨다. 오래 전부터 피부병이 있었는데 옛날에는 그리 대수롭지 않았다. 그러나 요즈음 좀 심해지셨다. 아이엠에프라 손님이 반으로 줄어 아버지의 스트레스가 배로 늘어서 그런가 보다. 그런 아버지가 너무 불쌍해 보인다. 대체 무엇을 위해 그렇게 고생을 하시는 걸까? 바로 우리 가족들, 그리고 바로 나.

나는 아버지에게, 아버지가 나에게 했던 만큼의 반이라도 했을까? 아버지는 "니 공부만 잘 하면 아빠는 하나도 안 되다." 그러신다. 그런 아버지를 위해 공부 하나 못 해내는 나 자신이 아버지께 죄송스럽다. 이렇게 열심히 사시는 아버지와 앞으로 나의 아들 앞에 부끄럽지 않도록 최선을 다하며 살아야겠다.

그리고 오늘 저녁엔 아버지의 어깨를 주물러 드려야지.

(1998년 5월 8일)

밭에서 돌을 골라 낸 일

경기 안성 안성 여자 고등 학교 1학년 홍효정

올해 9월 초 어느 일요일 아침. 한참 달게 자고 있는데 언제 날아왔는지 엄마 손이 내 등짝을 후려갈겼다.

"효정아, 빨랑 일어나서 나가자, 얼른. 해뜨기 전에 해야지, 응? 얼른 일어나!"

"아얏!" 하는 소리와 함께 나는 잠이 덜 깬 채로 엄마 손에 이끌려 밥상 앞에 앉았다. 졸면서 밥을 몇 숟갈 먹었지만 그 땐 밥보다 잠이 더 단 것 같았다. 꾸역꾸역 반 공기쯤 먹고 숟갈을 놓기가 무섭게 엄마는 내게 호미와 괭이를 내밀더니 들고 따라오라고 하셨다. 삽을 들고 집 앞에 있는 밭으로 가는 엄마에게,

"나, 내일 실기 시험 봐야 돼. 다음에 하면 안 돼? 지금 나 정말 졸리단 말야."

하며 애원하고 투덜거려 봤지만, 엄마에게는 씨도 안 먹히는 소리였다.

'아직 더위가 가시지 않은 여름 날씨인데 살도 많이 타겠지.' 하고

생각하니 당장이라도 다시 이불 속으로 뛰어들고 싶었다.

하지만 단념하고 먼저 밭에 돌을 골라 내는 일을 했다. 넓은 밭을 보니 엄마와 나, 단 둘이 하기에는 너무 벅찰 것 같았다. 언제 다 할 수 있을까 하고 생각하니 한숨만 나왔다. 괭이로 이리저리 땅을 뒤적거려 돌이 나올 때마다 한쪽으로 모아야 했는데 조금 하다 보면 돌멩이를 모아 놓은 곳과 거리가 멀어져 힘껏 던져야 했다. 한참 그러다 지치면 쪼그리고 앉아 목에 걸친 수건으로, 흘러내리는 땀을 닦으며 잠깐잠깐 쉬었다. 이렇게 푹 찌는 날씨에 일을 해야 하는 내 신세가 정말 처량하다는 생각이 들었지만 아무 말 없이 열심히 일하시는 엄마를 보면 순간 미안한 마음이 하늘을 찔렀다.

두어 시간 넘게 일하고 나서 엄마는 나보고 먼저 들어가라고 했다. 마음 같아선 들어가서 덜 잔 잠도 보충하고 싶었지만, 쪼그리고 앉아서 돌만 부지런히 골라 내는 엄마 모습을 보니 차마 그렇게 할 수도 없었다. 엄마 옆에서 엄마를 따라 열심히 일했다. 팔도 아프고 허리가 끊어질 것 같았다. 한참 쪼그리고 앉아서 일을 하다 일어서면 다리가 후들거렸다. 엄마에게 그런 모습을 보이지 않으려고 했지만 엄마는 다 알고 계시는 듯했다. 내게 먼저 들어가라는 말을 하시곤 했으니까.

점심때가 가까워 오자 엄마에게,

"엄마, 나 배고파. 밥 먹고 합시다, 예?"

하고 말하며 엄마 손을 붙들고 집으로 돌아왔다. 집으로 돌아오자마자 거울을 보니 내 모습은 땀투성이에다 머리는 이리저리 흩어져 있고 살은 술을 많이 먹은 사람처럼 벌겋게 탔다. 대충 씻고 밥을 먹는데 밥맛이 참 좋았다.

점심 먹고 다시 나가시는 엄마를 보며 난 벌렁 누워 있는 언니를 이

끌고 밭으로 나갔다. 엄마, 나, 언니 셋이서 밭을 골랐다. 돌을 어느 정도 골라 낸 후 고랑을 팠다. 엄마가 삽을 가지고 하려는 것을 내가 빼앗아 힘껏 내리쳤지만 삽은 흙 속으로 조금밖에 들어가지 않았다. 두어 번 되풀이해 봤지만 찌걱찌걱 쇠가 긁히는 소리만 날 뿐 마찬가지였다. 할 수 없이 언니에게 삽을 넘겨 주고 엄마가 계시는 쪽으로 가서 엄마가 일하는 것을 지켜보았다. 난 앉아서 쉬고 있는데 엄마는 여전히 남아 있는 돌을 골라 내느라 쉴 새가 없었다. 다시 엄마 옆에서 엄마가 하는 일을 거들었다. 생색을 안 내려 했던 나인데 점점 곡소리가 절로 나왔다.

"아이고, 다리야, 허리야."

"휴, 정말 더워 미치겠네."

"아휴, 힘들어."

내가 이러는 동안에도 아무 소리도 없이 일만 하시는 엄마를 보며 난 정말 엄마가 '원더 우먼'이라는 생각까지 했다.

날이 저물자 집으로 왔다. 간단하게 몸을 씻고 저녁밥을 먹은 다음 텔레비전을 켜고 누워 있었다. 엄마도 옆에 누우시더니 곧 잠이 드셨다. 주무시면서 "아이구, 아이구." 하며 신음 소리를 내셨다. 난 엄마가 원더 우먼이라고 생각했던 것이 잘못이었다고 생각하며 엄마 옆으로 가서 다리와 팔을 주물러 드렸다. 엄마는 잠결에도 괜찮다 하셨지만 난 잠자코 앉아서 계속 했다. 그 때 마음 속으로 느끼는 것이 참 많았다. 엄마도 직장에 다니시느라 일요일에는 쉬고 싶을 텐데 힘들다는 한마디 말씀도 없이 일요일마다 밭일을 해 오셨다. 그런데 어쩌다 가끔 한 번 하는 난 너무 엄살을 떤 것은 아니었나 하는 생각이 들었다. (1998년 9월 26일)

비닐 하우스에서 가꾼 사랑

경기 안성 안성 여자 고등 학교 3학년 우상화

나흘 전에 엄마는 손가락 수술을 받으셨다. 입원까지는 아니어서 별로 대수롭지 않게 생각했다. 엄마 역시 평소처럼 밥이며 빨래며 손수 하셨다. 365일 비가 오나 눈이 오나 어김없이 그랬던 것처럼 식구들을 시간 맞춰 일터로, 학교로 보내고는 비닐 하우스에 가셨겠지. 엊저녁까지만 해도 말이다.

4월의 첫 번째 일요일. 아침부터 엄마가 소리를 고래고래 지르셨다. 간만에 늦잠을 자 보고 싶은 나였지만 귀청이 떨어질 것 같아 어쩔 수 없이 눈을 비비며 일어나야 했다.

"왜 일요일 아침부터 이 난리야?"

"상화야, 엄마 세수 좀 시켜 줘. 손에 물을 묻힐 수가 없네."

"엄마가 애기야?"

난 이렇게 투덜거리며 욕실 안으로 들어갔다. 초록색 때 수건을 집어들고 엄마의 손에 화풀이라도 하듯 손등을 벅벅 긁었다.

"아퍼, 이년아! 아이구!"

내가 생각해도 조금은 센 듯했다. 조금은 미안한 마음에 엄마의 얼굴을 닦을 땐 맨손으로 살살 해 드렸다.

"으휴, 속 터져! 봐, 이년아, 내가 하게……. 가서 밥 불이나 꺼!"

엄마 때문에 난 화창한 일요일 꼭두새벽부터 일어나야만 했고, 이래저래 타박만 받았으니 기분이 엉망진창이었다. 엄마는 서둘러서 병원엘 가셨고, 엄마의 명령에 따라 난 교복을 빨고 설거지를 했다. 도서관에 갈 채비를 막 차리고 나니 엄마가 병원에서 돌아오셨다. 뒤따라 대구에 사시는 이모가 오셨다. 엄마 손이 아파서 집안일을 거두러 오신 모양이다.

"엄마, 뭐래?"

"뭘 뭐래, 의사가 손 쓰지 말라 했는데 손 썼다구 혼났지."

미안했다. 아니, 옆에 있는 이모 때문에 미안한 척해야 했다.

"손을 안 쓸 수가 있어? 느이 아빠가 일 저렇게 많이 벌려 놔서 하루라도 놀면 느들 다섯, 언제 가르치고 언제 먹여? 하우스 한번 가봐. 사람 써도 한도 끝도 없어. 엄마가 안 하면……."

엄마는 이러는 걸 희생이나 봉사로 생각지 않으신다. 다섯 자식을 낳은 어머니가 마땅히 해야 할 일이라고 하지만, 나는 엄마를 위해 뭘했을까? 나는 엄마에게 어떤 딸일까? 아픈 엄마를 외면하고 늦잠만 자는 딸, 도서관에 가기 위해 버스 시간만 기다리는 딸, 그저 모양만 딸……

나보다 이모가 더 안쓰러우셨던 모양인지,

"엄마랑 같이 밭에 가서 일하면 안 되니? 도서관은 하루 쉬고. 날마다 하는 공부, 일 주일에 한 번쯤 쉬면 안 돼?"

속상했다. 고 3인 내가 도서관에 가지 못해서가 아니다. 엄마한테는 죄송한 일이지만, 지난 여름에 1년 농사를 망쳤던 그 악몽 같은 기억을 하고 싶지 않았기 때문이다. 지금까지 몇 차례 겪었던 일이었지만, 작년 여름 우리 식구들은 유난히 힘겹게 살았다. 장마와 태풍 때문에 방학 중 한 열흘 간은 비닐 하우스에 매달려야 했다. 날아간 비닐을 새로 씌우고 휘어진 쇠 파이프도 일으키고…… 그 와중에도 엄마, 아빠 정성들여 키운, 어쩌면 우리 오 남매보다도 소중한 작물들때문에 애를 태우셨다. 비닐이 날아간 탓에 햇빛을 곧바로 쬐고 있던 상추와 샐러리, 파슬리가 마를까 하나라도 빨리 따서 상회로 올려 보내려는 엄마의 마음과, 동동거리는 엄마의 모습을 보면서도, 내 몸이 파이프에 긁혀서 다리살이 찢어지고 햇빛에 그을려서 살갗이 벗겨지고 하다 보니 지겨웠다. 정말이지 허리가 휘고 팔 다리가 쑤시고 하루 이틀 간은 죽기보다 싫은 노동이었다. 사흘째부터는 다리에 알이 박일 만큼 박이고 면역이 될 만치 되어 버려서 내 몸이 내 몸 같지 않게 느껴질 정도였다. 장정 아니면 하기 힘든 일이었다. 그 고생을 하면서 다시는 하우스에 가지 않으리라는 다짐을 했건만, 다시 가게 되었으니 너무 억울했다.

얼굴을 잔뜩 찌푸리고 나는 엄마를 뒤따랐다. 한숨이 나왔다. 작년에 그 고생한 걸 생각하니…… 엄마와 나는 백 미터나 되는 하우스 20여 동을 하루 종일 뛰어다녔다. 엄마는 호스에 물이 제대로 들어가는지 혹, 빠지지는 않았는지 마음을 졸이면서 발을 동동 구르셨다. 엄마가 한 손을 쓰지 못하는 바람에 고무줄로 호스를 묶어 물을 대는 일은 내가 맡았다. 앉아서 하는 일이었지만 만만치 않았다. 다리가 막 저리고 쑤셨다. 한참 하다 보니 두 엄지손가락이 발갛게 부어오르고 쓰라렸다. 엄마의 손이 이래서 고장이 났나 보다. 이러기를 20년이나 하셨으니……. 지겹기도 했으련만 20년 동안 우리 다섯 남매를 길러온 터전이기에 엄마는 쉽사리 이 일을 놓지 않으셨다. 엄마는 물을 대는 하우스 동에 우비를 입고 들어가서 호스를 살펴보셨다. 이렇게 하루에 수십 리를 걷고 뛰신다. 나는 조금은 미안한 마음에 열심히 일하는 척했다. 집에 빨리 가고 싶었다.

"엄마, 언제 가?"

"해가 떨어져야 가지!"

"뚝 떨어져라!"

철없는 대꾸에 엄마는 그냥 웃어 넘기셨다. 하지만 나는 알았다. 해가 떨어지기 전에 오늘 일을 다 해야 한다는 것을. 더구나 오늘은 아빠가 계시지 않아 아빠 몫까지 다 끝마쳐야 한다는 사실을. 그랬다. 엄마는 아빠의 빈 자리까지 마다하지 않는 그런 엄마였다. 당신의 몸이 병들어도 남편과 적지 않은 다섯 아이들이 행복할 수만 있다면, 그뿐이었다.

날이 어둑어둑해졌다. 환기 창을 닫고 어서 가자고 엄마가 재촉하셨다. 집에 가자는 말에 나는 뛸 듯이 기뻤지만 아직도 엄마의 얼굴에는 오늘 일을 다 하지 못한 아쉬움이랄까, 걱정이 가득했다. 40여 동되는 하우스의 환기 창을 하나하나 다 닫은 뒤에야 비로소 우리는 지는 저녁 노을을 등지고 걸어서 집으로 돌아왔다. 우비를 입고 일을 했지만 엄마의 옷은 물과 땀으로 흥건히 젖어 있었다. 수술한 뒤 붕대로 칭칭 감은 엄지손가락을 매만지면서 엄마는 입술을 바르르 떠셨다. 어깨도 처졌다. 우리는 아무 말도 없이 터벅터벅 걸어 집에 왔다. 날은 어두워질 대로 어두워 있었다.

집에 도착하자마자 엄마는 씻지도 못한 채 저녁 준비를 하느라 정

신이 없으셨다. 저녁을 먹고, 여느 때처럼 밥상 정리까지 마친 뒤에야
어머니는 축축한 옷을 벗고 욕실에 들어가셨다. 텔레비전을 보고 있
는데 욕실에서 엄마가 아침에 날 깨우듯 또 고래고래 소리를 치셨다.

"상화야! 엄마 손 좀 닦아 줘!"

이번엔 엄마의 절실한 한쪽 팔이 되고 싶었다. 고분고분 엄마 손을
잡고 물을 묻혔다. 엄마는 한숨을 길게 토해 내셨다.

"오늘 상화 덕분에 덜 힘들었는데 내일부터 또 어떻게 일 주일을 사
    나……. 학교 가지 말고 하우스 농사나 짓지."

엄마는 장난스레 말씀하셨다. 하지만 엄마가 내게 하신 말씀이 진
심이 아니라는 걸 이내 알아차릴 수 있었다. 우리 다섯 남매에게 결코
당신처럼 살지 말라는 말을 하고 싶은 거였다. 나는 오늘 엄마의 모습
이 여느 때보다도 안쓰럽게 느껴졌다. 결코 오늘 엄마의 모습이 평소
의 엄마 모습만은 아니리라. 오늘보다 더 고된 하루하루를 산다는 것
도 잘 안다.

엄마 손을 보니 마디마디가 갈라지고 터 있다. 화가 났다. 왜 우리
엄마만 이렇게 고생하나 싶어서. 내 자신이 한없이 초라하고 부끄러
웠다. 나는 엄마의 보드라운 살결을 느껴 보고 싶어서 일부러 비누 거
품을 잔뜩 냈다. 하지만 난 억지로 엄마의 손에서 부드러움을 느껴 보
리라는 기대가 잘못되었다는 것을 곧 깨달았다.

"상화야, 엄마가 이렇게 살어. 외할머니한테 가고 싶은 생각이 하
    루에 열두 번도 더 드는데 느들 땜에 이러구 살어. 그런데 그런 엄
    마 마음은 요만큼도 몰라 주고 동생이랑 언니랑 싸우면 20년 너희
    들을 위해 바친 내 인생이 물거품이 되는 것 같아. 서로 아껴 주고
    엄마, 아빠 말 잘 듣는 게 이 엄마 소원이여. 공부도 열심히 해 줬

으면 하고."

나는 세숫대야에 닭똥 같은 눈물을 뚝뚝 흘렸다. 억지로 비누 거품을 내어 부드러움을 만들려고 했던 것이 금세 부끄러움으로 치달았다. 엄마의 마음은 늘 부드러웠는데 말이다.

나는 오늘 도서관에 갔으면 했음직한 영어, 수학 공부보다 몇 갑절 크고 중요한 걸 배웠다. 바로 엄마의 사랑, 엄마의 행복에 대해서다.

(2000년 4월 2일)

노가다 열두 대가리

부산 중앙 고등 학교 2학년 김재홍

흔히 사람들은 노가다를 힘들고 다른 사람들 앞에서 떳떳이 말하기 힘든 직업이라고 생각한다. 왜일까? 난 이번 겨울 방학 때 노가다를 열두 대가리(12일) 했다.

진짜 되다. 힘들어서 못 하겠다. 죽겠네. 허리는 끊어질 것 같고 내 두 다리는 이미 산이 된 것 같다. 삽을 든 두 팔은 내 명령도 없이 움직인다. 날은 이미 저물어서 시간은 10시가 지나 11시가 넘은 거 같다. 진짜 되다. 하기 싫다. 그냥 집에 가고 싶다.

하지만 내 다리는 30센티미터가 넘는 콘크리트 속에서 움직이고, 내 팔은 2미터가 넘는 거리까지, 자바라 호스가 걷잡을 수 없이 내뱉는 콘크리트를 밀어 낸다. 호스가 콘크리트를 뱉는 순간순간이 나에겐 고통이다. 아저씨들 말론 이건 미친 작업이다. 한쪽에선 얼음이 어는데 콘크리트를 치다니! (콘크리트로 편평한 땅을 만드는 일이다.) 저 쪽에선 레미콘 돌아가는 소리가 귀를 울리고 아저씨들은 콘크리트가 너무 뻑뻑하니까 물을 타라고 야단이다.

"야! 이 새끼야, 되다 아이가! 씨발, 물 타라, 물!"

작업 중간중간 레미콘을 바꾼다고 쉰다. 너무나 행복한 순간이다. 바람은 매섭고 한쪽에선 얼음이 얼고, 내 옷은 땀을 먹어 바람이 불 때마다 시렵다. 하지만 허리를 펴고 앉을 수 있다는 게 너무나도 편하다. 지금까지 내가 이렇게 편했던 적은 없다. 추운 날씨도 한몫하지만 호스 길이가 짧아 일일이 삽으로 2미터가 넘는 거리까지 콘크리트를 밀어 내는 게 힘들다. 회사(LG화학 온산 공단에서 야적장을 공그리친다.)와 차주와 연락이 잘못돼서 일이 밤늦게까지 늦어졌고 차도 호스가 짧은 걸로 왔다.

겨우 바닥을 다 채웠다. 열두 시가 넘었다. 약 20센티미터 정도 야적장 바닥을 콘크리트로 채웠다. 이렇게 일을 하면 일이 안 된다. "밤에 사람 고생하는 건 둘째 치고 콘크리트 양생에 문제가 있다."는 인부들의 말을 무시하고 공사 일정에 무리하게 꿰맞추는 회사의 태도에서 부실 공사가 생각난다. 나도 한몫한 공사라 그런지 이 점에선 마음이 꺼림칙하다. 아무리 야적장이라지만.

12시가 다 넘어서 밤참으로 켄터키 치킨을 준다. 아무리 장갑을 꼈다지만 손도 안 씻고 씻을 물도 없다. 등 뒤에선 바람이 나 죽어라고 부는데도, 벌써 식어서 찬데도 맛만 좋다. 그런데 이게 뭐고! 마지막한 개를 집으려는데 소금 봉지가 보인다. 마지막 것은 소금 찍어 먹는데 솔직히 소금이 있으나 없으나 그게 그거다. 춥고 배고플 때는 무조건 질보다 양이다. 그래도 내가 지금 통닭을 먹고 있다는 게 어디고. 먹을 수 있다는 현실이 고마울 따름이다.

사실 그 날은 밥집에 사정이 있어 점심, 저녁, 참을 다 라면으로 때웠다. 이건 국물에 밥 말아서 배 터지게 먹어 봐야 일어나서 돌아서면 그만이다. 머리로는 먹은 거 같은데 몸은 안 먹었다는 걸 내가 어짜꼬!

며칠 뒤에 그 곳을 다시 손봐서 괜찮아졌다는 소리를 들었다. 다행이다. 어쨌든 나는 남과 마찬가지로 그 일을 해냈다.

(1996년 2월 13일)

아기 보기

경기 안성 안성 여자 고등 학교 3학년 이운숙

생각대로 되었다면 지난 일요일은 내겐 오랜만에 쉴 수 있는 날이었어. 늘 약속이 있어서 일요일이어도 평일보다 더 바쁘게 지내곤 했는데 지난 일요일엔 아무 약속도 되어 있지 않았거든. 토요일 오후부터 다음 날 아침 늦게까지 자고, 하루 종일 먹고 놀면서 텔레비전을 볼 생각을 하니 너무나 기대가 컸어.

그런데 웬 날벼락인지, 아침 일찍 전화도 없이 언니네 식구들이 들이닥친 거야. 뭔가 불길한 느낌이 들었고, 그 예감은 적중했지. 언니와 형부가 초상집에 가야 하는데 아기를 데리고 갈 수 없다며 우리 집에 맡겨 놓고 간다는 거야. 그 때 우리 집에는 엄마, 언니, 나 이렇게 셋이 있었거든. 엄마는 모임에 가야 했고, 언니는 일하러 가야 했어. 결국 아기를 봐 줘야 할 사람은 나였지. 나도 약속이 있다고 해 버리고 싶었지만 방긋방긋 웃는 아기 모습을 보니 그럴 수 없었어.

아기는 남자야. 8월 중순쯤에 돌이 지났어. 자라는 게 남보다 빠른지 다른 아이들보다 덩치가 커. 게다가 힘도 세서 아기 손이라도 맞으면 많이 아프지. 그래도 얼굴은 무진장 예쁘다. 속 쌍꺼풀만 있는 눈인데도 동그랗고 크거든. 속눈썹은 길게 꺾여 올라가서, 눕히면 눈을 감고 일으키면 눈을 반짝 뜨는 서양 인형 같아. 게다가 얼굴도 우윳빛으로 뽀얗고. 평소엔 성격도 좋아서 배고플 때 빼고는 울거나 찡얼대지도 않고 보채지도 않아. 아기 보는 데 별로 힘이 들지 않을 것 같았어.

식구들이 모두 나가고 아기와 나, 둘만 남았어. 처음에 아기는 적응이 잘 안 되는지 얌전히 앉아 있었어. 오히려 내가 심심했던 탓에 먼저 아기에게 장난을 걸었지. 그러자 그것을 시작으로 아기 본성을 드러내기 시작했어. 이 쪽 방 저 쪽 방을 돌아다니며 살림을 하나씩 가져다 거실에다 늘어놓는 거야. 거기까지는 괜찮았어. 시간이 갈수록 아기는 포악해지는 거야. 펜 뚜껑을 다 열어 바닥에 낙서하고 종이는 구기고 찢고, 물건들은 집어던져서 부숴 놓곤 했어. 혼자서 막자니 기운이 쫙 빠지지. 뭐야.

밖에 나가면 그래도 좀 덜 할 것 같은 생각이 들어 놀이터로 데리고 갔지. 하지만 덜 하기는커녕 더욱더 신이 나서 이젠 소리까지 질러 대는 거야. 잠깐 한눈이라도 팔면 재빠르게 걸어가 남의 공을 뺏고, 그러는 걸 다시 내 옆으로 데려다 놓으면 그 다음엔 다른 아이가 타고 있는 자전거 꽁무니를 따라가는 거야. 그러다가 그 자전거가 서기라도 하면, 어떻게 해서라도 한번 타 보려고 자전거 주인에게 다가가 까닭 없이 웃고 몸을 만지며 온갖 애교를 다 떨더군. 그러다가 자전거 주인이 태워 주지 않고 가 버리자, 그 애 뒤쪽에다 대고 알아들을 수 없는 말로 빽빽 소리를 지르는 거야.

그런 모습이 안타까워 집으로 데리고 가려고 안았는데 이상한 냄새가 풍겨 왔어. 혹시나 하는 마음에 엉덩이에다가 코를 대어 보니 똥 냄새가 코를 찔렀어. 얼른 안고 집으로 가서 기저귀를 벗겼지. 똥 싼 지 한참 지났는지 똥이 모두 뭉개져 있는 거야. 아기도 배가 고프고 지쳤는지 울어 대기 시작했어. 어쩔 수 없이 휴지로 엉덩이를 대충 닦아 주고 바지만 벗겨 엉덩이에 따뜻한 물을 뿌려 댔지. 물이 좋은지 아기는 금세 얌전해졌고. 덕분에 똥도 금세 치울 수 있었어. 간단히 씻은 아기는 우유를 먹으면서 잠이 들었어.

오후 세 시쯤 잠든 아기는 많이 피곤했는지 밤이 다 되어서야 일어났어. 아기가 일어나고 조금 뒤에 언니와 형부가 왔고 아기는 자기네 집으로 돌아갔지. 하루 종일 내가 돌봐 줬는데도 아기는 돌아갈 때 나와 헤어지는 것이 서운하지 않은 듯했어.

'아기니까. 아직 아무것도 모르니까 그렇겠지.'
하는 마음이 들다가도 서운함이 불쑥 치솟곤 했어.

하루를 이렇게 지내고 보니 힘든 일을 날마다 하고 있는 언니가 너무 존경스러웠어. 다섯이나 그렇게 키운 우리 엄마는 더욱더 존경스러웠고. 이 세상에서 엄마가 되는 일이 결코 쉬운 일은 아니라는 것도 느꼈어. (1998년 9월 26일)

미역

강원 속초 속초 상업 고등 학교 2학년 김형정

토요일이다. 비도 오고 날씨도 흐리고 바람도 간간이 부는 날이다. 이런 날에는 파도가 심하게 친다. 그래서 바닷가엘 나가면 미역이나 다시마가 파도에 밀려서 해변으로 나온다. 우리 식구는 이런 날 방에서 나와 옷을 챙겨 입고 미역을 건지러 앞 바닷가에 나간다.

더운 날씨에 건지는 미역이라면 물장난도 치면서 시원스럽게 할 건데, 날씨가 추우니까 장난도 못 하고 덜덜덜 떨면서 미역과 다시마를 건졌다. 자칫 잘못하다간 파도에 옷이 다 젖을 것 같다. 왜 이런 날 미역을 건지는지 물어 보니깐, 미역은 이렇게 파도가 치는 날 나오기 때문에 이렇게 추운 날 건져서 햇볕 잘 드는 날 말리고, 겨울에 먹으려 한다는 것이다. 여하튼 안 먹고 말지!

모래에 파묻혀서 잘 안 떨어지는 다시마를 식구들은 서로 당기고 넣고. 한 시간 동안 하니깐 40킬로그램 자루에 가득 찼다. 자루를 가지고 집엘 오니 너무 추웠다. 가져온 미역을 줄에 널고 나서 따뜻한 물에 샤워를 했다.

샤워를 마친 후 미역 옆엘 갔다. 비릿한 냄새와 찝찝한 미역 냄새가 코끝을 톡 쏜다. 막상 널고 보니깐 괜히 우쭐했다. 내가 했다는 생각이 들어서였나 보다. 갑자기 흐린 날씨가 원망스럽다. 날씨가 좋아야 이 많은 미역이 잘 마를 텐데. 하늘에 계신 하느님께 빌게요. 날씨 좀 좋게 해 주세요. (1996년 6월 24일)

저녁 불 때기

강원 속초 속초 상업 고등 학교 2학년 김진숙

　요번엔 만날 하는 일을 쓰려고 해. 자세히 쓸지는 잘 모르지만 말야. 친구들은 지금 다 보일러 놓고 살지? 다 알지? 내가 '너븐들'에 사는 거. 우리 동네도 많이 발전해서 보일러 놓고 쓰는 사람이 많은데, 우리 집은 달라. '우리 것이 소중한 것이여.' 이런 정신으로 장작을 때며 잘 살고 있지.

　친구들은 아궁이에 불을 지피라면 지필 수 있어? 생각보다는 좀 어렵지 않을까? 우리 집은 겨울, 그러니까 초겨울에 장작을 무지 많이 해 놔. 겨울을 따뜻하게 지내야 하니까 정말로 많이 만들어 놓게 되지. 요즘은 장작을 열 개비 정도 때고 있어. 더운데 무슨 불을 때냐고? 아니, 더워도 불을 약간 때야 방에 온기가 있거든. 잠을 편안하게 자기 위해 말이지.

　불을 땔 땐 먼저 아궁이에 갈비를 양 손으로 충분히 잡아서 넣어. 갈비 알지? 소나무 잎사귀 마른 거. 그걸 놓고 불을 피워. 그리고 소나무 가지를 잘라서 그 위에 얹어. 솔잎혹파리 때문에 죽은 나무가 대부분이지. 그걸 잘라서 불이 잘 타도록 넣어. 그러고는 그 위에 다시 장작을 얹어. 장작을 얹을 때도 잘 얹어야 돼. 마구 얹었다가 불이 꺼질 수도 있거든. 장작 사이로 공기가 들어갈 수 있게, 고루 탈 수 있게 하는 기술이 필요해. 난 장작을 얹을 때 규칙 있게 얹어. 먼저 왼쪽에서 오른쪽으로 향하게 놓고 그 다음엔 오른쪽에서 왼쪽으로 향하게 놓지. 그런 형식으로 계속 얹어 놓고 나면 불이 '탁탁.' 소리를 내며 아주 잘 타.

그렇게 활활 타는 불꽃을 쳐다보면 참 편안하다. 장작 타는 소리, 매운 연기. 그런 게 참 좋아. 가끔씩 저녁마다 불을 때는 일이 귀찮기도 하지만 그걸 바라보고 있으면 그 날에 있었던 기분 나쁜 일들이랑 짜증과, 그렇게 큰 잘못을 하지 않았는데 아이들을 향해 화를 내시는 선생님들 때문에 생긴 억울함 같은 것들이 같이 타는 듯해. 그래서 그 시간이 내겐 색다르고 행복한 시간이기도 하지.

더운 날은 참 땀이 많이 흘러. 그런 날은 짜증이 더하지. 그래도 불을 피우고 나서 다시 불꽃을 보면 기분이 좋아져. 그 정도로 난 불꽃에 익숙해져 있나 봐. 친구들도 기회가 있으면 나와 같은 기분을 느껴 보는 건 어때? 그리고 선생님두요. 오늘은 이만 줄일게.

(1996년 6월 14일)

눈 떠서 눈 감을 때까지

인천 선화 여자 상업 고등 학교 3학년 정혜란

오늘도 시끄럽게 울려 대는 시계 소리에 마지못해 눈을 뜬다. 옆집에서는 아직도 자고 있는 아들의 잠을 깨우는 엄마의 언성 높은 소리가 들려 온다.

예전엔 몰랐는데, 그 소리가 얼마나 소중했던지를……. 이제는 엄마의 그 소리에 잠을 깨서 하루를 시작하는 아이들이 부럽기만 하다.

16년이란 시간을 가족들과 생활하다가 고등 학교가 없다는 이유 하나만으로 난 가족들과 생이별을 해야 했다. 인천으로 올라와 자취 생활을 한 지도 어느덧 2년이 다 되어 간다. 처음에 올라와 석 달 정도는 혼자 적응하기가 힘들어서 약속이라도 한 듯이 하루에 세 번 이상은 꼭 울었고, 일기도 꼬박꼬박 쓰고, 마치 효녀인 양 안부 전화도 매일 걸었다.

형편상 방 얻을 돈이 없어 일 년 동안 고모 집에서 신세를 졌는데, 쉰 살이 넘으신 고모 밑에서 살기가 여간 힘들지 않았다. 학교 갔다 오면 밥 얻어먹는 게 미안해서 청소와 밥을 해서 고모와 같이 먹었고,

일요일엔 어김없이 시집 간 큰딸이 가족 모두를 데리고 와서 내가 앉아 있기가 미안해서 무작정 집을 나섰다. 갈 곳도 없어서 동네 놀이터에 앉아 있다가 내 자신이 왜 그리 비참해 보이던지 눈물이 절로 났다. 적어도 내가 집에 있었더라면 지금 이 시간엔 엄마, 아빠 곁에서 사랑받을 수도 있을 텐데…… 하는 마음에 난 더욱더 서럽게 울었다. 이럴 땐 얼마나 엄마가 보고픈지……. 무작정 수화기를 들었다.

"여보세요. 엄마야? 나야, 혜란이……. 무슨 일은, 그냥 보고 싶어서. 울긴 내가 왜 울어. 그냥 집에 가고 싶어서……. 아니라니까. 그럼 다음에 또 전화할게요."

하며 끊어 버렸다. 뭔가 하고픈 말이 참 많았던 것 같았는데 막상 엄마의 목소리를 들으니 마음 아파하실까 봐서 그냥 꾹 참았던 거였다.

하루하루 고모 눈치 보며 살다가 1년이 지나 이제는 눈칫밥에 익숙해져 있을 때 혼자 자취하라고 부모님께서 방을 구해 주셨다. 지금 내가 살고 있는 도화동 방 한 칸에 거실과 욕실이 딸려 있는 전셋집. 처음엔 고모 곁을 떠난다는 그 점만이 좋아서 난 무작정 승낙했고 그 뒤로부터 지금껏 외롭게 생활하고 있다.

하루하루 지나면 지날수록 혼자라는 외로움이 커져 갔고, 아침에 일어나서 혼자 씻고 학교로 와서 수업하고 아무도 반겨 주는 사람 없는 텅 빈 집을 들어설 때면 다시 나가 버렸으면 하는 생각을 가진다. 어둡고 깜깜한 밤에 혼자 잠이 들려면 왜 그리도 무서운지 혼자 두려움에 떨다가 새벽 두 시가 넘어서 잠이 들 때가 많다. 무엇보다도 더 서러운 건 혼자 외롭게 먹는 밥상이다. 밥상 앞에서 울면서 밥을 먹은 게 한두 번이 아니다. 어쩌다 엄마가 오셔서 같이 밥을 먹으면 세상에서 가장 맛있는 것 같다.

이렇게 시간이 지나 이제는 두 살 아래 동생이 중학교 졸업을 해서 인천에서 나와 같이 자취를 하고 있다.

　난 이제 혼자 사는 게 이력이 나서 동생이 오는 게 그리 반갑지만은 않았다. 오히려 아무 구속 없이 사는 게 더 낫다는 생각이 들 때도 많다. 밤에 늦게 들어와서 뭐라 그럴 사람 아무도 없고, 밥을 먹든 말든 아무도 상관하는 사람 없으니 오히려 혼자 사는 게 더 편한 것 같기도 한 것이다.

　동생이 와서, 오늘은 울면서 두려움에 떨면서 잠을 자지 않아서 좋지만 아침부터 한바탕 전쟁이 일어난다. 다름 아닌 욕실 쟁탈전. 누가 먼저 일어나냐에 따라 승부는 결정! 서로 늦잠을 잤을 때에는 무조건 들어가서 씻던 물에 또 씻고 해서 수건에 누구 면적을 많이 차지하느냐에 따라 욕실 쟁탈전도 끝났다.

　비 오는 날 무섭게 내리치는 천둥 번개 소리에 이제는 울지 않아도 되고, 갑자기 먹고 싶은 게 생각이 나면 내 동생 시켜서 먹을 수 있다는 점이 동생과 같이 생활하는 데 좋은 점 같다. 학교 갔다 오면 서로 오늘은 무슨 일이 있었는데 어쨌다는 둥 자기 얘기 하느라 잠을 못 잔다. 방이 좀 좁아 보여서 그렇지 동생과 함께 생활하는 게 참 좋기는 하다.

　그런데 문제는 생활비가 두 배로 든다는 불행한 사실이다. 돈 문제로 머리가 아파서 결심한 끝에 장녀인 내가 부모님의 부담을 조금이나마 덜어 드리기 위해 석 달 전부터 롯데리아에서 아르바이트를 하고 있다. 생활비와 전기세는 내가 직접 번 돈으로 내고 있으며 한 달이 지나 월급날이 되면 통닭에 콜라 한 병을 사 와서 동생과 먹으며 얘기하다 잠이 든다. 평소엔 나약하고 어리게만 보이던 내가 이럴 땐 장녀인 게 자랑스럽고 언니로서 자부심을 느낀다.

하루하루 지친 몸을 이끌고 학교로 와서 수업을 처음부터 끝까지 듣기란 하늘의 별 따기이다. 내가 철인도 아닌데 당연히 잠깐이라도 졸 때가 많다. 수업하다 무서운 선생님 시간이면 졸린 눈을 억지로 뜨고 한 손으로 눈을 비비는 척하며 계속 졸거나 아니면 내려앉는 눈꺼풀을 일부러 들어 올리거나 허벅지를 꼬집는다. 그러다가 지적당하면 얼굴이 빨개져 아무 말도 못 하고 서 있었지만 이제는 시간이 지나면 지난 만큼 뻔뻔해져서 아무렇지 않게 서 있는다. 하긴 그럴 만도 하다.

수업이 끝나 6시에 출근해서 12시가 거의 다 되는 늦은 시간에 집에 돌아온다. 하루의 피곤함이 채 가시기도 전에 잠이 들 때가 많다. 아침에 학교 갈 시간이 다 되어 눈을 뜨기란 죽기보다 더 싫다. 5분…… 10분…… 30분, 늦잠을 자다 보면 지각하기 일쑤다. 이럴 땐 지난날 엄마가 잠을 깨우는 그 목소리가 미치도록 그립다.

가장 힘들 땐 아침에 30분 정도 일찍 일어나 동생 도시락을 싸 주는 일인데, 너무 힘들어서 포기하고 싶어도 빈 가방을 들고 가는 동생의 뒷모습을 바라보면 가슴이 아파. 일어나서 도시락을 싸 준다.

그러다 버스 정류장까지 열나게 뛰고, 내려서 교실까지 숨차게 뛰어오르면 무섭게 째려보는 담임 선생님의 시선을 피해 비로소 안도의 한숨을 내쉰다. 그렇게 하루를 시작해서 아무도 다니지 않는 어두운 밤을 걸어 집으로 돌아오면서 오늘 하루 무사히 끝났음을 느낄 수 있다.

학교 다니랴, 일하랴, 살림하랴, 몸이 열 개라도 모자라지만 그저 나의 작은 소원이 있다면 엄마가 정성스럽게 싸 주신 도시락을 먹는 거다. 가까이에 있으면서도 멀게만 느껴지는 내 집에서 가족끼리 앉아 먹는 저녁상이 그립다. 난 알고 있다. 내가 혼자 독립해 있기에 세상의 시름을 어느 정도 알 수 있고, 부모님의 빈 자리가 얼마나 소중한지를……. 그래서 가출하는 친구들을 보면 언제나,

"지금이 좋을 때니까 아무 소리 말고 들어가!"

하며 말린다. 혼자 힘들게 사는 내 심정을 알지도 못하면서 복에 겨운 소리를 하는 친구들이 밉지만 그들도 언젠가는 이런 나를 이해할 수 있을 날이 올 거라 믿는다.

오늘도 그리운 엄마 목소리 대신에 시계 소리만 더욱더 크게 울리고 있다. (1997년 7월)

여름 방학 동안에

부산 중앙 고등 학교 1학년 최규남

1998년 9월 4일 금요일. 날씨: 가을이 되어 가는 것 같다.

여름 방학 때, 남들처럼 허무하게 보냈다곤 할 수 없다. 예전에 보지 못했던 집안의 사정을 낱낱이 알게 되었기 때문이다. 집이 힘든 줄은 알고 있었지만 겪어 보니 내 마음 속 깊은 곳에 숨겨진 부모님, 아니 어머니에게 기대는 버릇을 고칠 수가 있었다.

내가 아는 것보다 어머니는 훨씬 더 고통 받고 계셨다. 그게 지금은 가장 슬픈 일이다. 방학을 하고 첫날, 어머니께서는 아침부터 분주하게 움직이시면서 세탁기로 무엇인가를 빨고 계신 것이다. 그게 무엇인지 호기심도 들고 해서 살펴보니 물수건을 빨고 계셨다. 갈비 집에 가면 음식이 나오기 전 나오는 물수건 말이다. 얼마 전까지 하시던 가사원이 잘 안 되시는 것이다. 할 것은 막막하고 입에 풀칠이라도 하시기 위해 그 일을 시작한 것이었다.

그 후, 당연히 배달은 내가 맡았다. 가까운 곳이라 해도 적어도 오십 미터 정도, 먼 곳은 백 미터도 넘는 곳에 배달을 했다. 배달이 많은 날은 그 날 저녁 다리가 아프다고 주물러 달라고 하셨다. 이런 것도 모르고 피곤하다는 핑계로 대충 주물러 드리고 잠자기가 일쑤였는데, 후회가 많이 되었다. 어쨌든 방학 동안 배달은 내가 도맡아 했다. 심지어는 어머니께서 외출하시는 날에 배달이 있으면 내가 물수건을 빨고 빤 것의 물기를 짜고 챙겨서 배달한 적도 있다. 물수건을 빨면 음식점에서 나온 온갖 음식 찌꺼기와 냄새로 코를 찌르던데, 어머니께서 매일 이런 것을 하셨다는 생각이 들자 가슴이 막혀 오고 답답했다. 아버지는 돌아가신 지도 벌써 아득한데, 그 동안 어머니께서 이런 고생을 하셨다니……. 돈을 아끼지 않았다는 왠지 모를 죄책감이 들었다.

요 며칠 사이 어느 새 난 짠돌이가 되었다. 매점을 가도 동연이와 영하한테 얻어먹기만 했다. 그래서 오늘 저녁에 성훈이, 동연, 영하를 데리고 나가서 떡볶이 이천 원어치를 사 주었다. 이 때 레드가 꼽사리로 끼어서 빨간 떡볶이를 빨간 입술로 먹었다.

물수건 50장에 2,500원 받는다. 그런데 하루에 150장 정도밖에 안 나간다. 어쩔 때 3백 장 정도. 그러나 그 후로는 2~3일 지나야 배달이 있다. 세탁기에 빨고 세제 값 치면 얼마 남지도 않는다. 그래서인지 더욱더 돈을 안 쓰게 되었다. 하여간 방학 동안 어머니 일을 도와 드리면서 밖으로 나가지를 못했다. 아이들과 캠프도 이것 때문에 가지 못했다. 거기에 가려면 적어도 돈 2~3만 원은 있어야 하는데, 그 돈을 달라고 말할 자신이 없었기 때문이다. 애들아! 미안…….

그런데 문제는 가사원 때문이다. 뉴스에서 직업 소개소에 대한 부정 행위가 보도됨에 따라 각 가사원이나 직업 소개소를 검사관이 직접 검사하는 것이다.

이 때 우리 어머니도 예외는 될 수 없었다. 경찰들이 들이닥치고 가사원 서류를 검사할 때 어머니께서는 그 서류들을 가슴에 꼭 안으시면서,

"이건 아무것도 아니에요! 아무것도 아니라 하니깐!"

하고 말씀하시면서 거짓말인 줄 뻔히 아는 거짓말을 하셨다. 어머니의 그런 모습을 보면서 처음으로 슬픔이란 것을 알았고 그 슬픔에 취하기도 했다. 물론 가난도 알게 되었고…….

경찰과 실랑이를 벌이던 어머니께서 그 동안의 신세 타령을 시작하셨다. 나도 자주 들은 이야기였다.

우리 아버지께서는 경찰이셨다. 어느 직책이셨는지는 모르겠지만 조금 높은 직책에 있으셨다는 이야기와 심부전증으로 고생하시다가 내가 초등 학교 2학년 때 돌아가셨다는 이야기도……. 그러시면서 결코 약한 모습을 보이지 않으셨다. 그러자 경찰들은 잠시 생각을 하더니, 제일 작은 서류 하나만을 들고 어머니께 "그래도 가서 조사를 받아야 된다."면서 두세 권의 서류를 놓아 두고 제일 작은 서류만을 들고 어머니를 데리고 가셨다. 그 때의 심정이란 표현할 수가 없다. 뭔가 치밀어 오는 듯하면서도 답답하고 뭔가를 치고 싶었다.

그 날 저녁, 어머니께서는 저녁이 지난 후에야 돌아오셨다. 그 동안 난 잘못되는 것이 아닌가 하고, 부처님하고 예수님하고 성모 마리아 할 것 없이 생각나는 신들에게 마구마구 빌기 시작했다. 제발 무사하시기만 하라고…….

그리고 또 생각한 것이 있다. '이런 상태의 내가 되면 안 되겠다. 내가 돈을 많이 벌 수 있다면 이런 일이 생길까? 앞으론 공부를 열심히 해야겠다. 다시는 이런 일이 안 생기게 내가 어머니를 도와 드려야

겠다.' 하는 생각. 이전까지 들어 온 '돈보다는 사람을 택하라.'는 소리가 개소리처럼 들렸다. 그리고 만족하지 말자는 다짐도 했다.

그 날 저녁, 어머니께선 다행히 무사히 돌아오셨고 조금의 벌금만 물게 되었다. 사실, 가사원은 불법으로 운행하였고 뉴스에 난 보도는 사람을 사고 판 것에 대한 것이었으므로 벌금만 물게 되었다.

그 사건 후 돈을 제대로 쓸 수가 없었다. 그런데 돈은 없고 방학 숙제인 독후감을 해야 하기 때문에 상원이에게 책 몇 권을 빌렸다. 상원이는 쉽게 빌려 줄 것 같아서였다. 소집일날 상원이에게 말을 하니, 흔쾌히 빌려 준다고 해서《숨겨진 과학 이야기》, 한 권으로 된《세계사 편력》, 윤구병 선생님의《꼭같은 것보다 다 다른 것이 더 좋아》를 빌리게 되었고 밤을 새워 가며 읽어 댔다. 내 것이 아니니깐, 빨리 읽고 돌려 줘야 한다는 생각에 커피를 물 마시듯이 마시고 잠도 하루에 두세 시간밖에 자지 않았다. '돈만 있었더라면.' 하는 생각도 해 봤지만 지금은 그런 게 문제가 아니었다. 책을 빌려 준 고마운 상원이에게 폐가 되지 않기 위해서 고생을 했지만 독후감을 쓴 것은《꼭같은 것보다 다 다른 것이 더 좋아》와《숨겨진 과학 이야기》하고, 완성하지 못한《데미안》뿐이었다. 그러나 '무엇을 한다는 것이 이런 거구나. 나도 해 보면 되는구나.' 하는 생각이 들었다. 그래서 이제는 자신이 조금이나마 붙었다. 그래서 어머니를 기쁘게 해 드리는 것이 지금의 내 목표이다.

내가 이런 이야기를 하는 것은 동건이에게 들려 주기 위해서이다. 어제 동건이가 내게 "난 높은 곳에 있으면 뛰어내리고 싶더라!" "아무것도 한 게 없다. 이런 걸 생각하면 밤에 서너 시간씩 잠을 못 잔다."

란 소리를 들었다. 그 말을 듣자, 난 솔직히 한 대 갈겨 주고 싶었다. 그리고 이렇게 말하고 싶었다. '니가 생각하는 것은 가진 자의 여유로움이다.' 라고. 그리고 가난을 겪어 보면 살아야겠다는 생각이 들 거고 그러면 뭔가라도 해야겠다는 의욕이 생길 것이라고······.

하지만 그 말을 못 했다. 그냥 머리만 만지면서 아무 말도 하지 못했다. 삶이 허무하다고? 내 앞에선 그런 소리 하지 말라. 무엇인가라도 해 보라고. 왜냐고? 살아야 하니깐······.

이 이야기가 너무 내 이야기만 한 것 같다. 하지만 동건이에게, 삶은 우선 살아야 하고 무엇인가를 해야 한다고, 니가 느끼는 고민은 어서 잡으라고 말하고 싶다. 언제나 살아 있다는 것이 행복하기 때문이다. 슬픔이 있겠지만 그 슬픔을 없애는 것도 삶을 사는 이유라고 말이야······.

너무 이야기가 곁가지를 친 것 같다. 이상하게 생각들도 하겠지만 난 진심으로 말했고 이상한 생각들은 안 해 줬으면 한다. 나에게 생긴 것은 무엇이라도 해야겠다는 소유욕만이 생겼지, 다른 것은 변하지 않았다고······. (1998년 9월 4일)

명태 떼기는 일을 하시는 엄마

강원 고성 거진 여자 상업 고등 학교 2학년 이미형

엄마는 어업에 해당하는 일을 하신다. 쉽게 말해서 명태를 떼기는 일(배를 가르고 창자나 알을 꺼내어서 분류하는 일.)을 하신다.

냉동되어 있는 명태를 65센티미터×35센티미터 크기의 당고(네모난 모양의 틀로, 크기는 공장마다 다르다고 한다.)에 넣고, 얼어 있는 명태가 잠길 정도로 물을 붓는다. 이 일은 명태를 다 떼기고 나면 당고에 명태를 담그고 집에 왔다가 다음 날 또 가서 한다.

명태 한 짝에는 20~50개 정도의 명태가 얼려 있다. 이것도 명태의 크기에 따라 다르다. 그러니까 명태가 클수록 마릿수가 적다. 그럼 일하는 것도 더욱 쉽다.

우리 엄마는 새벽 4시가 되면 공장으로 가신다. 가서 바로 일을 하는 게 아니라, 당고 안에 있는 명태들을 뜯어 놓고 물도 한 번 갈아 주고 떼기기 편하도록 녹은 명태들을 한 곳으로 모아 쌓아 놓는다. 그러다 보면 7시 정도가 된다.

명태를 떼기는 방법에 따라 속도가 달라진다. 배를 가르고 속 안에

핏대(뱃속의 검정색 같은 것.)까지 긁어 내면 시간이 더 걸린다. 그냥 뱃속에 있는 것만 꺼내는 방법도 있다. 사람마다 떼기는 속도가 물론 다르다. 우리 엄마는 한 시간에 그냥 떼기면 7~8짝 정도를 하시고, 핏대까지 긁어 내면 5짝 정도를 하신다. 하루에 30~40짝을 떼기신다. 50짝 이상을 하시는 날도 있다.

당고 안에 들어가 앉아서 명태를 한 곳으로 밀어 내면서 떼긴다. 떼긴 명태에서 알과 창란, 그리고 여러 가지를 분류해서 홀쭉한 명태가 되면 당고 밖으로 명태를 던진다. 그러면 아저씨들이 와서 가져가서 기계에 넣고 명태를 깨끗하게 씻어 낸다. 요즘은 기계를 들여 놔서 명태를 밖으로 던지면 기계가 움직여서 씻는 기계까지 운반이 된다고 한다.

명태 한 짝을 떼기는 것에 대한 대가는 그다지 많지는 않다고 생각한다. 한 짝에 1,300원이다. 정말 힘든 일 중의 하나이다. 일을 마치고 돌아오시는 엄마의 모습은 언제나 아파 보인다. 그래도 이 일을 하시는 이유는 목돈을 마련할 수 있기 때문이다. 한 달에 80~100만 원 정도 벌 수 있으니까 결코 적은 돈이 아니다. 엄마는 늘 그러신다. 명태 때문에 골병든다고. 그러면서도 계속하신다.

이렇게 떼겨진 명태는 여러 가지 방법으로 가공되어서 사람들의 입속으로 들어간다. 명란이나 창란은 젓갈로 가공되어서 나가고 홀쭉한 명태는 말린다. 말리는 방법에 따라 맛이 다르다고 한다. 끈에 명태를 끼워서 덕장이라는 나무에 걸어 말리는 것이다. 그런데 요즘은 거의 코다리 명태다. 코다리 명태는 기계로 씻어서 80센티미터 정도의 굵은 철사에 끼워서 기계로 말리는 방법이다. 코다리 명태는 아주 바싹 말리는 것이 아니라 좀 말랑말랑할 정도로 말린다.

엄마께 힘든 점을 말씀해 달라고 하니까 모든 게 다 힘들다고 하신다. 그렇지만 명태 때문에 이 고장에선 얻는 게 많을 거라 한다. 주민들의 생계를 이어 준다. 동해안의 특산물 중의 하나가 되어 버렸듯이 말이다.

명태 공장에선 더러운 물이 아주 많이 나오고 있다. 정화 장치를 해도 깨끗한 물이 되기가 힘들다. 정화를 해도 이 정도인데 그냥 버리는 곳도 많다고 한다. 엄마는 심한 악취와 흐린 물이 환경 오염에 한몫을 하고 있어 안타깝다고 하신다. (1996년)

우리 엄마

강원 속초 속초 상업 고등 학교 1학년 김혜진

우리 엄마. 우리 엄마는 고기 장사를 하신다, 대포동 어판장에서. 난전이라고 해야 하나? 암튼 울 엄마는 새벽 5시 30분에 일어나서 집 안 청소를 하시고 밥, 밑반찬 모든 것을 준비해 두신다. 그러고 나서 엄마도 엄마만의 준비를 하신다. 씻고 화장하구 머리 빗고 옷도 가빠 바지에 장화를 신구 나가신다. 엄만 막바로 내려가서 입찰 보고 고기를 머리에 이어서 죽어라 뛴다. 산 고기가 죽을까 봐 걱정이 돼서 그런가 보다. 아무래도 죽은 고기보다 산 고기 값이 더 나가니깐. 그러고 나서 난전을 정리하면 11시 정도가 넘는데 그 때 아침을 먹는다. 그럼 이제 장사를 시작하신다.

손님들이 지나갈 때마다 "아저씨, 아줌마, 여기 오징어 좀 보세요." 하고 크게 외친다. 그래서 목이 쉰 적이 한두 번이 아니지만. 손님께서 고기를 사시면 또 정성스럽게 썰어서 깨끗이 씻어 줘야 한다.

이런 장사를 반복하다가 나중엔 "아저씨, 떨이 떨이!" 하고 소리친다. 그러다 지치면 아줌마들끼리 또 모여서 수근수근댄다. 옆에서 장

사하는 길두 엄마, 수경이 엄마, 동률이 엄마, 우리 엄마가 주된 멤버
이다. 나중에 아저씨가 떨이를 싹 쓸어 가면 엄마는 뒤청소를 하고 하
루 동안 번 것을 계산 본다.

네모난 라면 박스 안에 고기 냄새가 그득한 돈을 꺼내어 빳빳하게
편 다음, 오늘 입찰한 고기 값을 뗀다. 그러고 나서 남은 돈을 똑같이
갈라서 나눠 가진다. 그 때 만약 내가 엄마 데리러 가면 아줌마가
"아, 여기 맛있는 거 사 먹어." 하고 주신다. 그 땐 정말 봉 잡았구나
하고 생각한다.

우리 엄마 장사하는 곳에 불 끄고 정리하고 나면 하루 일을 마친다.
물론 집에 와서 또 밥을 차려야 하지만. (1997년)

도장 새기는 아버지

강원 속초 속초 상업 고등 학교 1학년 강은정

우리 아빠는 인장업을 하신다. 가끔 명함도 찍고 인쇄도 하시지만, 주로 하시는 건 인장업이다. 가끔씩 도장 재료를 파는 아저씨가 오시는데, 그 때마다 아빠는 목도장이며 수정이며 옥이며, 여러 가지 도장 재료를 사 놓으신다. 그리고 손님들이 오실 때마다 글을 새겨서 판다.

가장 싼 목도장, 그러니까 나무 재료에 이름 석 자만 한글로 새기는 것은 쉽고 금방이면 끝낼 수 있다. 하지만 글자가 많이 들어가는 고무 인이나 멋있게 모양을 낸다든지 겹쳐진 모양을 새길 때는 시간도 오래 걸리고 생각도 많이 하신다. 그래서 아빠가 일을 하시거나 생각을 깊이 하실 때는 말을 하지 않는다.

우리가 가장 흔하게 쓰는 목도장, 그게 가장 싼 7천 원이다. 그런데 아빠는 거의 그 돈을 다 받지 않으신다. 선해 보인다고 5천 원, 돈이 없어 보인다고 4천 원, 자주 오는 손님이라고 3천 원, 그래서 7천 원을 다 받으시는 걸 본 적이 없다.

아빠는 목도장은 정말 빨리 새긴다. 차를 타고 오는 손님들이 있기 때문에 빨라야 한다. 목도장은 우선 글자를 새길 부분에 먹칠을 해야 한다. 그리고 글자를 새길 부분을 제외하고 양 옆을 파낸다. 그러면 가운데와 동그랗게 테두리만 까맣다. 가운데를 세 칸으로 나누고 한 칸에 한 글자씩 새긴다. 이리저리 돌려 가며 호호 불어 가며 한 글자 씩 새겨 간다. 마지막으로 솔질을 하고 인주를 찍어 종이에 찍어서 확 인을 하면 된다.

아빠가 일하시는 모습을 볼 기회는 그리 많지 않다. 일요일에 가끔, 그것도 시장 보러 가기 전에나 잠깐 볼 수 있다.

우리 집은 주로 일요일에 시장을 본다. 시장을 본다고는 하지만, 물 건을 사러 돌아다니기보다는 구경하러 다니는 시간이 더 많다. 시장 에 오기 전에 미리 살 물건을 적어 오기 때문이다. 그리고 대부분이 슈퍼에서 사는 물건들이어서 한꺼번에 산다. 그래서 구경을 하고 다 니다가 시간이 좀 지났다 싶으면 장을 보러 간다. 주로 상가를 구경하 러 다니는데, 상가가 문을 닫는 주면 시내를 한 바퀴 돈다.

옷 가게도 보고 신발 가게도 보고 새로 개업을 하는 가게는 그냥 지 나치지 않는다. 들어가서 구경도 하고 그러다 맘에 드는 물건이 있으 면 사기도 하고 한다. 하지만 주로 구경만 하고 나온다.

시내를 돌아다니는 것보다 상가를 구경하는 게 더 편하다. 여름엔 좀 덥기는 하지만 여러 가지 물건을 한꺼번에 볼 수 있고 두꺼운 유리 문도 없으니 부담 없이 구경할 수 있다. 그렇게 구경을 하러 다닐 때 가 아빠한테 바지라도 하나 건질 수 있는 기회이다. 지나가면서 "이쁘 다."든지 "갖고 싶다."고 말을 하면 당장 그 때가 아니어도 거의 사 주 시기 때문이다.

그렇게 구경을 하고는 시장에 내려와서 호떡도 먹고, 떡볶이도 먹고, 빵도 먹고 한다. 그러고는 시장을 본다. 슈퍼에서 살 수 없는 물건들을 주로 산다. 밑반찬이나 콩나물이나, 가끔 과일도 사곤 한다. 마지막으로 슈퍼에 가서 일 주일 동안 쓸 만큼씩 산다. 주로 먹을 것을 많이 산다. 그것도 금방 만들어 먹을 수 있는 것. 냉동 식품, 햄, 통조림, 라면 따위.

그렇게 시장을 보고 집에 오면 영수증과 맞춰 본 뒤 정리를 한다. 그리고 아빠는 장부를 쓰신다. 아줌마들처럼 콩나물 5백 원, 두부 9백 원, 이렇게 쓰시지는 않지만, 한 달에 한 장 쓰시는 아빠의 장부에는 모든 게 다 적혀 있다. 그리고 그 계산이 딱 맞아야 주무신다. 이렇게 장부 정리뿐 아니라 아빠가 맡으신 모든 일에 꼼꼼하고 철저하게 최선을 다하시는 아빠의 모습을 사랑한다. (1997년)

4부 우리 반 아이들

— 가고 싶은 학교, 가기 싫은 학교

강원 속초 속초 상업 고등 학교 2학년 김진아, 한옥선

학교의 밤과 베란다

부산 중앙 고등 학교 1학년 강상원

1998년 12월 1일 화요일. 날씨 : 학교 앞 언덕 나무들의 잎이 거의 다 졌다.

우리 학교의 환경이라고 하면, 사실 그리 나쁜 편은 아니다. 고지대라서 그럭저럭 조용하고, 운동장도 이만하면 넓은 편이다. 나무도 꽤 많다. 그리 특출난 장점도 단점도 없는 환경인 셈이다.

그러나 한 가지 내 맘에 드는 것은 베란다가 있다는 것이다. 바닥에 껌 자국 투성이이고, 깨끗한 공간은 아니지만 나는 이 공간이 무척 좋다. 그래서 요즘 베란다에 나가지 못하도록 하는 학교 방침이 마음에 안 든다. 그런다고 안 나갈 우리들도 아니지만. 철근을 안 넣어서 위험하다느니, 나가면 담배만 핀다느니, 말도 안 되는 소리다. 베란다가 위험하게 지어진 것 자체가 말도 안 되고 그렇더라도 검사를 해서 재시공을 하든가 해야지 학생들더러 나가지 말라니, 뭐 하러 만들어 놓은 베란다인지.

언젠가 밤새 비가 내린 다음 날, 새벽에 학교에 와서 베란다에 나왔다. 새벽 공기가 쌀쌀했다. 후언이도 나와서 같이 서 있었다. 문득 눈길을 광안리 바다 쪽으로 돌렸다. 우와! 후언이와 나는 탄성을 발했다. 수평선 위를 두껍게 덮고 있던 구름 사이로, 뜬 지 얼마 안 된 햇살이 여러 갈래 빛의 기둥처럼 뻗어 나와 바다로 비치고 있었던 것이다. 어렴풋이 무지개도 걸쳐 있었다. 그 장관이라니! 아직도 잊혀지질 않는다. 좋은 영화의 라스트 신 같았다.

학교 앞에 있는 언덕의 능선을 따라 작은 오솔길이 나 있는 것을 아는가? 이것도 새벽에 베란다에서 보았다. 잎이 거의 다 져서 쓸쓸해진 언덕을 바라보고 있었다. 뾰족뾰족 가지만 남은 나무들 사이로 작은 그림자가 움직이고 있었다. 자세히 보니 그 길을 걷고 있는 사람이었다. 몰랐다면 그저 쓸모 없는 언덕으로만 알았을 것이다.

또 있다. 언제였던가? 아마 화요일이었을 것이다. 국어 방송 시간에 우리 선생님께서 오늘 보름달이 밝을 테니 한번 보라고 하신 기억이 어렴풋이 난다. 야자 1차시를 마치고 베란다로 나갔다. 와! 정말 달이 밝았다. 승철이 얼굴처럼 한 치 이지러짐도 없이 동그란 보름달이었다. 나말고도 아이들이 많이 나왔다. 내 왼쪽에서는 광민이랑, 민수, 진년이가 셋이서 보름달 옆에 쪼끄만 별이 보이니 안 보이니, 티격태격거리면서 놀고 있었다. 오른쪽에는 다른 친구들이 말없이 달을 보고 있었다. 나도 쉬는 시간 내내 은빛으로 쏟아지는 달빛을 하염없이 바라보고 있었다. 참 좋았다.

그나마 베란다라도 없으면 우리들의 학교 생활은 한층 더 갑갑해질 것이다. 베란다 출입 금지라니, 흥, 어림도 없다.

월천 문예 백일장 홍보가 얼마 전에 있었는데 아직 신청자가 없다.

어제 공부를 하다가 주제들 중 '교정'을 가지고 되는 대로 시를 써 보았다. 쓰긴 썼지만 쓰고 보니까 월천 문예의 주제인 '나라 사랑, 겨레 사랑' 같은 거랑은 전혀 관계가 없어서 보내지는 않을 것이다. 그냥 이 모둠 일기에나 써 볼란다. 미리 말해 두지만 진짜 되는 대로 쓴 시이다. 각운, 심상, 운율 등의 기교는 전혀 부리지 못했다. '이게 시냐?' 할지도 모르겠다.

대충 읽고 일부라도 공감해 주길 바란다. 그럼 이만.

학교의 밤

당신은 '교정'이란 단어를 들었을 때
무엇이 떠오르는가?

젊은 대학생들이 햇빛을 쬐며 담소하는
캠퍼스의 잔디밭인가.

피 끓는 고교생들이 땀 흘려 뛰고 있는
체육 시간의 운동장인가.

글쎄,
그것뿐일까.
우리의 현실은 그렇지가 않다.

분명, 교정에서 땀 흘리는 학생들은 아름답다.
허나, 그들의 정열은 뜨겁지만 달구어질 수 없고,
그들의 마음은 날고 싶지만 날개를 달 수 없다.

종이 울린다.
우르르 들어가는 학생들은
밤 열 시나 되어야
싸늘히 식어 버린 교정을 밟으며
학교를 나설 것이다.

그나마 비춰 주던 태양이 지고
짙은 어둠이 세상을 덮지만
교정이 어둠에 덮이려면 아직도 멀었다.

한 교실도 빠짐없이 불을 밝힌 학교는
이 정도 어둠으로 덮기엔 너무 밝은 까닭이다.

이 형광등 불빛은,
과연 희망과 지혜의 빛인가.

불려 나가 매를 맞으며 생각한다.
이 소리까지 밖으로 새나가지 않아 다행이라고.
불만 켜져 있으면 학교갑다 하겠지만
이 소리가 들리면, 이 건물이 뭐 하는 곳인지

사람들이 모를 테니까.

해는 또다시 뜨건만
등교하는 학생들이 밟는 교정은
여전히 싸늘하게 식어 있다.

해바라기를
암실에서 키우려는
어리석음이라니.

우리들의 꿈을 펼치기에는
이 교정이
한없이
한없이
좁기만 하다.

(1998년 12월 1일)

조퇴

부산 부산 고등 학교 1학년 김종현

피곤하다. 좀만 더 잤으면.

후, 6시 20분이다. 일어나야지.

"악—."

왜지? 왜 갑자기 머리가 무겁지? 으, 오늘 학교 생활은 좀 힘들겠는 걸? 대충 준비를 하고 아침밥을 먹는데, 배가 아프기 시작한다. 머리는 더 아프다.

"와 이리 못 먹노?"

어머니다. 내가 요즘 고등 학교에 들어와서 좀 피곤한 탓인지 밥을 제대로 못 먹는다. 그래서 어머니는 더 걱정하시는 것이다.

"머리하고 배 아픈데요."

밥을 몇 순가락 먹지 않았는데 도저히 더 먹을 수는 없을 것 같다.

"그만 먹을게요."

"큰일이네. 학교에다 전화해 주까?"

"아뇨. 하지 마세요."

"몸이 좋아야지 공부를 하지."

"……그렇게 하세요. 아, 오늘 야구 응원하러 가는데……."

"그럼 가기 전에 조퇴하면 되겠네."

아무 생각도 없이 집을 나와 가다 보니 어느 새 교실이다. 머리가 아팠지만 숙제 안 한 게 있어서 왼손을 이마에 대고 겨우 숙제를 했다. 잠시 엎드려 있으니 아침 조례 시간이다. '조례 끝나고 선생님께 말씀드려 보자. 설마 어머니가 전활 하겠어?' 하는데 웬일? 운동장 조회를 한다는 것이다. 신은 날 저주하는 걸까?

'운동장에서 얼마나 서 있어야 하는 거야? 이렇게 되면 교무실로 직접 찾아가서 말씀드려야 하나? 음, 오늘 사회 들었네. 담임 선생님 들어오시니까 그 때 말씀드리자.'

1교시가 시작되었다. 국어 선생님이 들어오신다. 자주 들어오셔서 그런지 좀 지겹다. 특이한 인사가 끝난 뒤 선생님이 한 번 웃어 보자고 하신다. 각자 한 번씩 웃어 보지만 난 그러기가 힘들다. 그런데도 또 운이 나쁜지 선생님은 나더러 왜 웃지 않냐고 하시면서 한 번 웃어 보라고 하신다. 뭐, 아, 웃어야 하나? 어색하게 웃는데 선생님은 그냥 넘어가 주셨다.

그럭저럭 1교시가 끝나고 2교시가 되었다. 지구 과학 시간인데, 필기 조금 하고 설명하고, 필기 조금 하고 설명하고를 반복하니 머리가 띵하고 많이 지루했다.

3교시 사회 시간. 담임 선생님이 들어오시는 시간이다. 지난 시간에 했던 내용과 함께 설명하시는데, 무슨 말인지 머리에 전혀 들어오지 않는다.

"13번."

"예."

왜 내가 불렸지? 지금 하는 페이지가 13이라서? 그럼 읽으라는 것인가? 천천히 읽기 시작했다. 옆에서 누군가 볼펜으로 쑤시는 것처럼 머리가 아프다. 내가 들어 봐도 내 목소리가 많이 변했다. 고등 학생이 되어서 일어서서 책 읽는 건 처음인데, 다른 친구들은 이게 내 원래 목소리로 생각할지도 모르겠다.

3교시가 끝나려고 할 때, 선생님께서 나에게 교무실로 따라오라고 하신다. 3교시 끝나는 종이 울리고, 난 선생님 뒤를 따라 교무실로 갔다. 어머니가 전화를 하신 건가? 아무튼 난 선생님 뒤를 힘없이 따라 갔다. 꼭 사고를 치고 선생님께 불려 가는 모습 같다. 선생님 책상에다 왔다. 선생님께선 의자에 앉으시고, 잠시 가만히 있으셨다. 바로 옆 책상은 나와 이름이 같은 선생님이 계시는 자리다. 그걸 의식하셨는지 담임 선생님은 내 이름을 부르지 않는다.

"야, 아침에 어머니한테 전화가 왔는데, 야구 응원하러 못 간다면서?"

"예."

어머니가 그러셨나? 아프다고는 하지 않고 그냥 야구장에 못 간다고 하신 건 아니겠지.

"왜 못 가는데?"

"머리하고 배가 아파서……."

정말 아파서 그런지 말도 끝까지 안 나온다.

"왜 아픈데? 아프면 차라리 학교에 오지 말고 병원이나 가지."

평소 생각했던 선생님과 다른 느낌이다.

"왜 아픈데……?"

왜 아퍼? 아프다고 하는데 특별한 이유가 있어야 하나? 분명히 난 아침에 일어났을 때부터 아팠던 게 단데.

"모르겠어요……."

"왜 몰라?"

"……."

정말 아픈 사람 세워 놓고 뭘 하시는 건지 모르겠다.

"너 내성적이라면서?"

"예."

내성적? 그냥 대답을 하긴 했는데, 어째서 내가 내성적이지? 다른 사람보다 말수가 적은 건 사실이지만 내성적인 것까지는 아니다. 그러면 어디서? 어머니가 말했을 리는 없고. 아! 생활 누가 기록 카드. 누가 기록 카드 성격 적는 난에 단점으로 '말수가 적다.'라고 적으려고 했는데, 이것은 '입이 무겁다.'는 말도 되므로 '내성적.'이라고 적었던 기억이 스친다.

"왜 내성적인데?"

어느 누구에게 이런 질문을 했을 때 대답을 하는 사람은 거의 없을 것이다. 선생님도 그걸 아실 텐데. 날 놀리는 건지 뭔지. 나도 물론 대답은 나오지 않았다.

어머니가 전화를 하신 것, 아파서이지만 말을 제대로 하지 못한 것, 엉뚱한 질문이라서 그랬지만 대답을 못 한 것, 모두 합쳐져서 선생님은 날 더더욱 내성적인 성격으로 보시는 게 틀림없다.

선생님 책상 위에 쌍화탕 같은 병이 있는데, 이름이 다르다. 들어 본 적은 있는데 어떤 것인지 모른다. 쌍화탕과 같은 효능이 있을지도 모른다. '설마 날 주려고……?' 하고 생각하는데 선생님은 냉큼 그것을 마셔 버린다. 아닌가 보다.

"너 지금, 니가 친구들하고 어울리기 싫어서 그러는 거 아니가?"

"예?"

그랬다. 내성적이란 것에 중점을 두고 말씀하신 것이 그것 때문이었다. 그럼 뭐야? 정말 아픈 사람을 세워 놓고 할 소린가?

"나는 지금 모르지만 너만 알고 있는 거지. 그건 니 양심에 맡긴다. 니가 친구들과 어울리기 싫어서 그러냐? 정말 아파서 그러냐?"

"진짜 아픈데요."

"……그래. 그럼 니가 친구들과 어울리기 싫다는 생각이 들 때는 니가 헤쳐 나가야 한다."

"그것 때문에 그런 것 아닌데요."

"아니지? 그래. 이제 가 봐라."

몇 분 지나지 않았는데 정말 오래 된 것 같다. 그 다음 시간은 수학. 아프더라도, 이마에 혈관이 튀어나올 정도로 눈을 크게 뜨고 있어야 한다.

4교시도 끝났다. 친구들은 몇 달 굶은 것처럼 식당으로 뛰어가지만 난 배까지 아프기 때문에 갈 수가 없었다. 그냥 자리에 엎어져 있으니 별별 생각이 다 난다. 얼마가 지나니 무슨 소리가 들린다.

"이 자식들, 다 어디로 갔어?"

종례하러 오신 건가. 아이들은 점심 먹고 바로 구덕 운동장에 야구 응원하러 갔는지. 우리 학교와 경남고. 라이벌끼리 시합이다.

"종현아, 가라."

대충 인사를 하고 학교를 나왔다. 야구장에 간다고 몇몇 아이들은 교문 밖으로 나와 있다. 하지만 갈수록 우리 학교 학생은 줄어들고 버스 정류장에 왔을 때는 교복을 입은 사람은 나밖에 없다. 기다려도 버스가 안 온다. 씨—, 좌석이라도 오면 타 버릴 테닷. 정말 좌석 버스가 온다. 비싼 돈 내고 편하게 집으로 돌아왔다.

우— 씨, 조퇴하기가 이렇게 힘들어서…….

그 뒤로 선생님은 다른 친구보다 나를 더 먼저 알게 되었지만, 난 아직도 선생님을 싫어한다. (2000년 4월 13일)

내 처지

경기 안성 안성 여자 고등 학교 3학년 신효련

오늘은 4월 5일, 식목일.

우리는 고 3. 오늘도 학교에 갔다. 나는 오늘 규정보다 조금 늦게 (한 시간 25분쯤.) 학교에 다다랐다.

요새는 잠이 너무 모자란다. 수능 공부 하느라 교과 공부 할 시간이 없기 때문에 공부 시간에 졸아서는 안 된다. 학교에서 11시 30분까지 야간 자율 학습을 한다. 집에 가서 씻고 옷 갈아입고 하다 보면 12시가 훌쩍 넘는다. 배가 고파서 밤참이라도 먹을 때면 한 시가 다 된다. 어떻게 하다 보면, 그러니까 영어 단어를 외운다든지, 공부를 좀더 한다든지, 전자 우편을 확인한다든지 하면 어느 새 두 시다. 그제서야 잔다. 아침에 가장 늦게 일어난다고 해도 일곱 시. 더 이상 자면 지각이다. 누우면 바로 잠드는 것도 아니라 잠들 때까지 뒤치락거리고 하다 보면 자는 시간은 정작 네 시간 정도. 피곤하다.

어쩌다 너무 피곤한 날은 학교 갔다 와서 발만 닦고 잘 때도 있다. 그 다음 날 후회하지만.

그래서 이렇게 쉬는 날은 조금만 더 자고 싶다. 그래, 나는 오늘 한 시간 30분 더 잤다. 왜? 너무 자고 싶어서. 그래서 그만큼 늦게 학교에 갔다. 교실에 들어가려니 눈치가 보였다. 마침 우리 반 경순이가 교실 옆의 화장실에 있어서 나도 그리로 들어갔다.

　"너도 늦게 왔어?"

　"응. 늦게 왔다구 쫓겨났어."

　지영이가 화장실에 왔다.

　"왜 여기 있어? 늦었어?"

　"응."

　"나도 늦어서 엎드려뻗쳐 했어."

　"니네 담임이 시켰어?"

　윤리 선생님이 그랬으리라고 믿어지지 않아서 물어 본 거다.

　"아니. ○○○ 선생님이 늦게 온 애들 다 잡아다 시켰어. 힘들어 죽는 줄 알았어."

　지영이는 자기네 교실로 돌아갔다. 경순이랑 나는 들어갈 곳이 없었다. 조금 있으니까 담임 선생님이 교실에서 나왔다. 우리를 보시자,

　"이리 와!"

　화가 잔뜩 난 목소리다.

　"몇 시에 왔어?"

　"아홉 시 15분쯤이요."

　"아홉 시 25분이요."

　"가!"

　"……"

"너네, 집에 가!"

"……."

"가라구."

우린 뒤돌아서 갈 수밖에 없었다. 인사를 할까 하다가 선생님이 약 오르실까 봐 그냥 왔다.

교문을 벗어나니 날씨가 화창했다. 주차장 있는 데까지 걸어가다 보니 기가 막혔다. 생각해 보니 어제 야간 자율 학습 늦게 들어온 애들도 된통 혼났다. "너희 또 걸려 봐. 다음엔 집에 돌려보낼 거야." 복도에서 이런 소리가 들렸는데, 오늘 내가 아주 본보기로 잘 걸려 버렸다.

집에서 방금 나왔는데 다시 들어가기가 민망해서, 사실은 엄마 볼 면목이 없어서 한경대 도서관에 왔다. 여기서 지금 이 글을 쓰고 있다. (2001년 4월 5일)

지금 우리는

경기 안성 안성 여자 고등 학교 3학년 최미경

친척들 사이에서 내 이야기가 한창이었다. 모의 고사 점수는 몇 점이 나오냐, 대학은 어디로 갈 것이냐, 대학 들어가면 동생 공부하는 것도 좀 봐 줘라……. 이런 얘기가 오가고 있었다. 바로 그 때,

"눈 좀 떠!"

깜짝 놀라서 정신이 번쩍 들었다. 꿈이었구나.

"이노무 시키들, 니들 나중에 졸업하구 길거리에서 나랑 마주쳐도 못 알아볼껴. 눈을 게슴츠레 반쯤은 감고 쳐다보다가 똑바로 볼래믄……."

아, 무지 찔린다. 무서운 인복 언니 시간에 졸다니…….

"어제 밤샘 공부 해서 조는 거지, 지금? 며칠이나 남았다고 그래? 정신 좀 차려, 제발!"

여름 방학 동안 거의 날마다 학교에서 살았다. 아침 여덟 시부터 밤 열 시까지. 공부가 되든 안 되든 학교에 있는 것이 마음이 놓였다. 또 정식으로 집에서 쉴 수 있는 날은 고작 일 주일 정도였다. 하지만 집

에 있는 날도 눈 뜨면 시립 도서관에 갔으니 하루도 마음놓고 푹 쉬어 보지 못했다. 그런 탓일까? 요즘은 책상에 앉아서 조금만 마음을 놓아 버리면 눈꺼풀이 어느 새 아래로 축 처진다. 이제는 선생님 잔소리도 점점 무뎌진다. 칠판 위에 써 놓은 수능 시험 날까지의 숫자가 점점 줄어드는 것에 대해서도 감각을 잃은 지 오래다.

요즘은 수시 모집 원서 쓴다고 자기 소개서니 학업 계획서니 하는 것을 들고 상담하러 다니는 친구들을 보면, 나만 뒤처지고 있는 게 아닌가 하는 불안감 때문에 공부가 손에 잡히지 않는다. 답답한 마음에 누군가에게라도 도움을 청하고 싶지만 그것도 쉽지만은 않다. 담임 선생님은 원서 때문에 눈코 뜰 새 없이 바쁘시니 말 붙이기도 어렵고, 친구들은 나와 같은 형편이니 어찌 내게 마음을 써 달라 할 수 있겠나. '다들 힘드니까, 어려운 때니까 별 수 있나?' 하며 스스로 마음을 다독이고 있을 뿐이다.

'띵동 띵동.'

쉬는 시간에 잠든 아이들이 시작종이 울려도 깨지 않는 것을 보니 틀림없이 수능 출제 과목에서 빠진 과목 시간이다. 교과 담당 선생님들에겐 죄송한 얘기지만, 솔직히 말하면 우리 사이에서는 수능 교과를 뺀 나머지 교과들을 '변두리 과목' 취급을 한다. 수능 시험이 코앞에 닥친 우리들에게는 이런 과목들을 공부하는 것이 큰 부담이 된다. 그래도 황금 같은 시간에 수능 공부를 좀더 했으면 하는 마음을 접고 수업을 듣는다. 내신 성적을 포기할 수는 없으니까. 여기에 수행 평가까지 겹치면 우리는 거의 죽음이다. 앞으로 중간 고사, 수행 평가를 다시 한 차례 치르려면 수능 시험 준비는 또 뒷전으로 미뤄 놓아야겠지. 도대체 우리는 지금, 몇 마리 토끼를 뒤쫓고 있는 셈인가?

정규 수업이 끝나면 숨 돌릴 틈도 없이 야간 자율 학습이 시작된다. 역시나 모두들 공부에 쫓기는 모습이다. 첫 시간부터 조는 애가 있는 가 하면 아예 체육복으로 갈아입고 독서실로 옮겨 가는 애들도 많다.

오늘은 자율 학습 시간 도중에 전화가 왔다. 책상 밑으로 바짝 몸을 움츠리고 소곤소곤 전화를 받았다. 엄마였다. 벌써 사흘째 엄마 얼굴 을 못 봤다. 집에 들어가면 식구들은 모두 잠들어 있고, 새벽에는 식 구들이 깨기 전에 학교에 오기 때문이다.

"여보세요?"

"오늘, 엄마가 닭갈비 해 놓았어. 이따 밤에 와서 배고프면 데워서 먹어."

엄마다운 말이다.

'딸내미 기다려 주면 안 되나?'

엄마도 힘들다는 것을 알면서도, 마음이 불안하니 괜히 심통이 난 다.

자정이 가까워지자 친구들이 하나둘 집으로 돌아간다. 집에 가면 공부도 얼마 못 하고 곯아떨어질 게 뻔한데 책가방이 꽉 차도록 책을 바리바리 싸들고 집으로 간다. 친구들의 이런 모습을 보면 참 안쓰럽 다. 바보 같아 보이기도 하고.

집에 가서 자리에 누우면 금세 아침은 밝아 올 것이다. 그러면 우리 는 방금 누운 것 같은 몸을 일으켜 다시 학교로 올 것이다. 그리고 똑 같은 시간들이 계속 이어지리라. 수능 시험이 끝나는 날까지는……

(2001년 9월 6일)

너무 속상해요

강원 속초 속초 상업 고등 학교 2학년 유미정

선생님, 저, 너무너무 많이, 아주 많이 속상해요. 정말 정말로.

마지막 시간이었던 전산 시간 일이었어요. 늘 그랬듯이 저희는 순서도를 풀고 있었고, 선생님은 한 아이를 지적해서 나와서 풀라고 하셨어요. 이번에 풀라고 지적된 아이는 유진이. 저는 선경이에게 배워서 나름대로 풀고 있었어요. 그러다가 유진이가 칠판으로 나가서 풀기에 설명을 들었죠. 그런데 뒤에서 날카로운 소리가 들렸어요.

"제가 잘 한 건 없지만, 잘못한 것도 없잖아요!"

존댓말을 쓰는 걸 봐선 어른에게 하는 말투였어요. 뒤를 돌아봤죠. 그런데 뒤에 전산 선생님께서 어떤 아이 앞에 서 계신 거였어요. 아무 일 아닌 것 같아서 다시 설명을 듣고 있는데 누군가가 공책을 찢는 소리가 들렸어요. 다시 뒤를 돌아보니 선생님은 아직 그 자리에 서 계셨고 그 아이가 공책을 찢고 있었어요. 선생님의 얼굴은 하얗게 되면서 굳어 버리셔서 차마 볼 수가 없었어요. 청소 시간에 자세한 이야기를 용숙이에게 들었는데 대강 이래요.

전산 시간에 문제를 풀라고 준 그 시간에, 그 아이가 1학년 아이랑 공책에 편지를 써서 주고받는데 그 공책에 무얼 쓰고 있었나 봐요. 선생님께서 몇 번 주의를 주셨는데도요. 결국은 또 쓰다가 걸렸고 선생님은 그 공책을 달라고 하셨대요. 그 아이는 싫다고 했고요. 그 안의 내용을 선생님이 보실까 봐 그랬대요. 선생님은 그 안의 내용은 안 볼 테니 달라고 하셨는데 그 아이가 선생님께 그랬대요.

"제가 어떻게 선생님을 믿어요? 선생님이 절 믿게 해 주셨어요?"

선생님은 너무 황당해서 다시 공책을 달라고 하셨는데, 그 아이가 공책에 쓴 내용이 담긴 부분을 찢고 껍데기만 선생님께 드렸대요. 그러면서,

"안에 쓴 내용만 있으면 되니까 가져가세요."

라고 말해서 더욱 선생님을 황당하게 했대요. 결국 선생님께서 오후에 시간 있냐고 하시면서 교무실에 가자고 하였대요. 그런데 그 아이는 왜 가냐고, 안 간다고 했고요.

차갑고 하얗게 변하신 선생님 얼굴. 죄송한 말이지만 선생님이 너무 안됐다는 생각이 들었어요. 마음도 아팠고요. 그래서 결국 울고 말았어요. 아주 많이요.

보충 시간에 울었는데 담당 선생님이신 김지영 선생님께서 갑자기 우는 절 보시더니 놀라셔서 토닥여 주시더라구요. 맨날 웃고 떠들던 모습만 보시다가 갑자기 우니까 당황하셨나 봐요. 그 때는 정말 속이 많이 상했어요. 지금은 아니지만 일 학년 때 담임 선생님이셨는데. 누가 뭐래도 그분은 제 담임 선생님이셨던 분이세요. 더욱더 화가 나고 못 참는 건 진화가 수업이 끝나고 그 아이에게,

"야, 너, 선생님께 왜 그래?"

라고 하니까 그 아이는 도리어,

"내가 뭘, 뭘 잘못했는데?"

라고 쏘아 댄 것이에요. 왠지 자꾸 속이 상하고 아파요.

선생님! 정말 속상해요. 그 아이도 밉고, 마음 약하신 선생님도 밉고, 답답하고…….

오늘 원래 제가 쓸 차례가 아닌데 쓴 이유는 너무나 속이 상하고 아파서, 그런 제 마음을 누군가에게 말하고 싶어서예요. 정말, 모르겠어요. 왜 이렇게 맘이 아프고 속이 상하는지. 그리고, 눈물이 나는 건지. 모르겠어요. 정말로. (1996년 11월 28일)

가슴 아픈 이야기

충남 부여 부여 여자 고등 학교 1학년 문선미

다시는 이런 일이 없길 바란다. 아니, 없어야 한다, 이 세계에서.

4월 3일 아침, 조회도 하기 전에 처음 보는 선생님께서 들어오셨다. 흰 장갑을 끼시고, 머리가 길다 싶은 아이들 번호를 적으셨다. 지금 바로 학생과로 오라는 말과 함께. 난 웃었다. 웃으면서 학생과까지 갔고, 웃으면서 학생과로 우리 중 처음으로 들어갔다.

'짤르려면 짤라라.'라는 반항적인 마음은 아니었다. 그냥 그렇게 웃고 싶었다. 울고 싶지 않았다. 그런데 소름이 끼쳤다. 쓰레기통에 차 있는 검은 머리카락들. 선생님께서는 바리깡을 들고 여전히 흰 장갑을 끼고 계셨다. 도대체 그 흰 장갑을 왜 끼셨는지. 내가 제일 처음으로 서게 되었다. 내 등에 쓰레기통을 받쳤고, 눈을 질끈 감았다. 기분이 매우 좋지 않았다. 내 머리카락이 쓰레기가 된 기분이었다. 그런데 선생님께선 머리를 풀어 보라고 하시더니 난 됐다고 하셨다. 다행이라 생각했는데 가슴을 치고 가슴 아플 일이 펼쳐지고 있었다. 내 뒤에 섰던 성실이가 깎이고 있었다. 너무너무 화가 나고 소름이 끼쳐서 손이 떨리고 있었다. 성실이가 다 잘리고 담임 선생님께서 오셔서 1학년 9반은 다 교실로 들어오라고 하셨다. 차라리 내가 잘렸으면. 그랬으면 성실인 안 잘렸을 텐데. 난 잘려도 안 울 수 있었는데. 성실이가 우는 걸 봤다. 그렇게 우는 건 처음이다. 맘이 정리가 안 되었다.

선생님께선 어리석으셨다고 생각한다. 이 말이 학생의 예의에 어긋나는 것은 알지만 분명히 잘못하신 일이다. 성실이는 하루 종일 울었다. 서럽고, 치욕스럽고, 화나고 그랬을 것이다.

중학교 때도 머리 자르던 선생님이 계셨다. 그런데 그 땐 지금보다 분노가 덜했다. 사랑이 없으셨다. 내가 잘못 본 것일 수도 있겠지만 내 눈엔 그래 보였다. 우리 교실에 처음 들어오셨을 때부터 화가 나 계신 눈치였다. 그래서 화가 난다. 고등 학교에 와서 선생님들께 실망을 하긴 했지만 그 날처럼 선생님이 낮아 보이던 게 처음이다. 선생님께선 아실까? 사랑이 없이 대하시면 우리는 무엇도 배울 수 없다는 걸. 그리고 또 우리를 화나게 한다는 걸. 또 우리에게 선생님의 위치가 낮아진다는 것을.

지금은 그 선생님을 조금은 이해하겠다. 누군가가 해야 할 악역을 맡으신 것일 수도 있고 인간이기에 실수하신 것일 수도 있고. 이해해야지. 더욱 이해해야지. 그리고 나는 이렇게 배운 것을 교사가 되었을 때 활용해야지. 그런데 한 가지 생각이 남는다. 법은 사람을 위한 것이다. 학교의 교칙은 도대체 누굴 위한 것인지. 학생들을 위한 것인가? 잘 모르겠다. 내가 아직 잘 모르는 탓인지. 어렵다.

어쨌든 며칠 간 화를 품은 내 속이 밉다. 이제 그 화를 털어야지. 이제는 선생님을 조금 더 이해한다. 그 선생님께 죄송하다.

(2000년 4월 6일)

진정한 모습으로 돌아갔다, 2학년 2반!

부산 부산진 고등 학교 2학년 김기석

대청소날!

학급 회의 결정에 따라, 결정됐다가 미뤄진 대청소를 하는 날이 왔다. 빨리 해치우고 돌아가자는 식의 아이들, 죽을 똥한 표정을 지으며 싫음을 표시하는 아이들, 야유와 같은 소리를 지르는 아이들, 한숨을 푹푹 쉬는 아이들. 나도 '오후에 컴퓨터 수업에 늦지 않을까?' 내심 걱정도 하며 6교시까지 보냈다.

드디어 청소!

애들은 청소 도구를 제각기 들고 각자의 위치로 갔다. 청소 도구가 없는 애들과 하기 싫어하는 애들은 복도에서 서성거리며 교실 청소를 구경하고 있었다. 빗자루로 쓸고, 창문을 떼어 내서 묵은 때도 벗겨 내고, 나도 걸레를 가지고 창틀을 닦았다. 담임 선생님께서 세제 가루를 풀어 수세미에 묻혀 청소하자, 애들도 물을 묻혀 가며 열심히 바닥과 벽을 문질렀다. 청소가 싫어서 싫증을 내던 애들도 어느 새 교복 웃옷까지 벗고 와이셔츠를 걷어올린 후 열심히 청소하고 있는데, 카

세트를 가져와 음악을 틀어 주었다. 신나는 가요. 모두들 이제는 적극
적으로 나서서 하기 시작했다. 어떤 애는 수세미를 반으로 나누어서
닦아 내고, 어떤 애는 다른 애가 쓰는 청소 용구를 빼앗아 가며 말이
다. 화장실 청소를 하는 애들도 정말 열심이었다. 세제 가루를 가져와
소변기와 대변기의 누른 때 찌꺼기를 빼고, 세면대와 창을 반짝반짝
닦아 놓아 주었다. 모두들 축축이 젖었고, 겉으론 툴툴거리는 아이들
이 많았으나 얼굴은 모두 웃는 얼굴이었다.

청소가 거의 다 끝날 무렵일까? 선생님께서 우리에게 자장면을 사
주시겠다고 하셨다. 나는 너무 고마웠다. 아이들도 갑자기 함성을 지
르며 얼굴에 더욱 즐거움이 가득해졌다. 그 때, 나와 같이 창문 청소
를 하던 한 애가 "뭐라는데?"라고 물어 왔다. 못 들었나? 확인하는 것
인가? 나는 선생님이 말하신 '자장면 소식(?)'을 설명해 주었고, 그
애들은 교실 안 애들처럼 웃으며 걸레질에 정성과 힘을 더했다.

그 때, 3학년 선생님과 목공소 아저씨가 올라온다. 시끄럽고, 물이
새는지 화난 듯한 얼굴. 하지만 우리들이 옷 벗고 팔까지 걷어붙이며
열심히 일(청소)을 하자 놀란 듯한 얼굴빛이 나타났다. 3학년 선생님
은 그냥 작게 경고만 주고는 그대로 내려가셨다.

곧 신문지로 물기를 닦아 낼 때 화장실 청소도 끝이 났나 보다. 모
두들 청소 도구를 정리하고 쓰레기통을 비웠다. 모두들 힘든 기색이
었지만 입가엔 부정할 수 없는 웃음이 묻어 나왔다. 나도 즐겁고 상쾌
했다. 우리는 오늘 하루 일을 하며, 서로의 진정한 모습으로 돌아가
서로의 진정한 모습을 보게 된 것이다. 책상을 들여오고, 모두들 자리
에 앉았다. 긴 청소가 끝난 것이다. 모두들 웃었다.

남이 보면 이상하다 할 정도로 신나게 웃고 있다. 모두들 서로에게

박수를 쳤다. 다른 이에겐 어떤 의미의 박수인진 모르지만, 나에게 있어선 서로의 본모습을 보게 된 계기가 되어 기쁨의 박수였다.

곧이어, 아까 시킨 자장면이 들어왔고, 모두들 함성을 질렀다. 배달원 아저씨가 엄청 놀라고 당황해한 모습, 잊을 수 없을 거다. 모두들 담임 선생님께 "감사합니다." "잘 먹겠습니다."라고 말한 뒤 맛있게 먹었다. 먹고 돌아가는 이들의 얼굴은 함박웃음이 가득했다. 나는 친구와 함께 선생님과 마지막에 먹게 됐다. 컴퓨터 약속도 걱정됐지만, 청소 후의 즐거움 때문에 약속의 걱정 따윈 그리 크게 느껴지진 않았다.

선생님은 배달 때, 소주를 추가 주문해서 드셨다. 선생님의 소주 마시는 모습 "쭈주죽 쭈주죽!" 그리고 시원한 마무리 "캬아, 시원타!" 나는 속으로 웃었다. 울 선생님은 정이 넘치는 분이구나…….

모두들 자장면을 먹었고, 한두 사람씩 나와 선생님께 소주를 드렸고, 두어 명은 선생님께서 따라 주신 소주를 조심스레 받아 먹기도 하였다. 서로의 진정한 모습을 알게 되자, 마음이 포근해져 왔다. 개인의 일 때문에 나와야 했지만, 서로의 노력한 모습을 보게 된 후 가는 것이 죄가 되는 것처럼 느껴져서 조금 더 기다렸다가 나왔다.

후에 남은 애들의 말로는 군만두까지 시켰다 한다. --+(발끈).

어쨌든, 이번 대청소는 우리 2학년 2반 교실이 새로 태어나면서 서로서로 진실한 인간이 되는 날이었다. 2학년 2반이 진정한 모습으로 깨어난 날! 일하면서 느끼게 된 우리의 마음들…….

담임 선생님께서 의도하신 계획이 바로 이게 아니었을까 한다.

(2000년 4월 24일)

선생님께 자랑하고 싶은 이야기

강원 속초 속초 상업 고등 학교 2학년 김달님

목요일 5교시는 국어였지요. 선생님께서 아침에 화내신 거 미안해 하셨죠? 그래서 수업은 조금만 하시고 좋은 얘기 들려 주신 거죠? 선생님을 이어서 수학 선생님께서도 좋은 얘기를 해 주셨어요. 그 얘기에 힌트(이런 말 써도 되나?) 얻어서 학교를 짓느라 추운데 고생하시는 아저씨들께 작으나마 힘이 돼 드리면 어떨까 하는 생각이 들더라고요. 어느 날 뉴스에서 강원도산 감자가 안 팔려 감자를 키우시는 분들이 힘들다는 얘기를 한 것이 생각나, 감자를 하나씩 삶아 오면 어떨까 했는데 너무 귀찮을 것 같았어요.

그래서 백 원씩 걷어 커피랑 빵이랑 사 드리는 게 좋을 듯해서 6교시 끝나고 교단 앞에서 아이들에게 이런 얘기를 하고 좋으면 박수를 쳐 달라고 했어요. 그랬더니 몇 명밖에 박수를 안 치더라고요. 실망했지요, 뭐. 실망에 싸여 자리로 가려는데,

"백 원으로 되겠어? 3백 원은 걷어야지!"

"하려면 화끈하게 하자고."

웬일인가 싶어 교단에 다시 나갔거든요. 나도 모르게 입 양 끝이 살짝 올라갔어요. 그래서,

"그래, 3백 원씩 걷자. 부담되지 않지?"

라고 했더니 말이 끝나기가 무섭게,

"야! 그냥 5백 원으로 하자. 내일 라면 먹을 돈을 내면 다이어트도 되고 좋겠다."

그러면서 박수를 치는 거예요. 이렇게 반 아이들과 맘이 맞은 게 몇 번 안 돼서 너무 기쁜 거 있지요.

라디오에서 설문 조사를 해서 보내면 의류 상품권을 담임 선생님께 보내 드린다는 코너가 있어서 반 아이들에게 얘기하고 가정 보강 시간에 선생님께 설문 조사 좀 하겠다고 허락받은 뒤에 할 때도 아이들의 많은 참여 때문에 기뻤거든요. 비록 방송을 타지는 못했지만…….

이제 3학년도 가까워 와 반이 나누어질 날도 멀지 않았는데, 자꾸 예쁘게만 보이는 게 나중에 헤어지면 너무 아쉬울 것 같아요. 잠깐 딴 얘기를 했네. 그래서,

"그럼 5백 원씩 내고 돈이 없는 사람은 조금만 내도 되니까 내일까지 다 내 줘. 함께 하는 일이니까 한 명도 빠지지 말고."

집에 가면서 금순이한테 이 일을 얘기했어요. 은근히 자랑하듯이요. 그러면서도 다른 사람한테는 얘기하지 말라는 당부도 했죠. 좋은 일 할 때, 소리 소문 없이 했다가 나중에 우연히 알려지면 좋잖아요.

다음 날 그러니까 금요일, 아이들이 하나둘씩 돈을 내더라고요. 몇 명은,

"돈이 이것뿐이 없어. 괜찮아?"

하면서 3백 원, 4백 원을 미안한 듯 내더라고요.

그래서,

"미안해할 것 없다고. 좋은 일 하는 거니까, 내는 돈 때문에 미안해
하지 말고 당당해해."

"워—."

오랜만에 좋은 소리 했다면서 등을 두들기더라구요. 멍이 들었을
거예요. 이번엔 명단 같은 거 안 만들고 돈 내라는 소리도 많이 안 했
는데 반 정도 내더라구요. 다 내지 않은 게 솔직히 많이 섭섭했지만
그래도 좋았어요.

점심때 빵이랑 과자랑 만 원어치 사고 나니 매점 아줌마가 덤으로
'별종 꿈틀이' 주시기에 맛있게 먹고. 5교시 끝난 뒤 몇몇 아이들과
매점에서 쟁반 빌려 자판기에서 커피 스무 잔을 뽑아, 식을까 봐 종종
걸음으로 아저씨들에게 갖다 드렸어요. 흩어져서 일하셔서 찾아다니
기 힘들고 손도 시렸는데 너무 기쁜 거 있죠. 수줍어서 고맙다는 말도
하시지 못하는 아저씨가 있는가 하면, 너무너무 좋아하는 아저씨도
계시고. 이런 것을 반 아이들 모두가 보면서 아저씨들께 직접 드렸으
면 참 좋았을걸 하는 생각도 들더라구요. 다음 시간이 상업 계산 시간
이었는데 5분 정도 늦게 들어가게 됐거든요. 그래서 너무 죄송해서
(늦게 들어왔다고 혼날까 봐가 가장 큰 이유.) 커피 한 잔 남겨 갔거
든요. 속은 모르지만 제가 보기에는 무지 좋아하신 거 같아요.

아이들이 수업 끝나고 아저씨들이 뭐라고 했냐고 물어 보더라구요.
그래서 고맙다고 했다고 했지요. 그랬더니 다들 아무 일 없다는 듯 시
치미를 떼고 있어요.

그래서 선생님께서 칭찬 좀 해 주시라구요, 이렇게 썼어요.

(1996년 11월 30일)

오랜만에 한 대청소

강원 속초 속초 상업 고등 학교 1학년 박소영

오늘은 4교시를 하고 H.R. 시간에 대청소를 하는 날이다. 그래서 어제 선생님께서 수세미와 고무 장갑을 가져오라고 했다. 오늘 아침 머리 감기 전에 챙겨야지 생각했는데 감고 나서 그냥 왔다. 그래서 수세미는 미정이랑 혜진이에게, 고무 장갑은 미숙이한테 빌렸다. 다행히 내가 왼손잡이여서 왼손 고무 장갑을 끼었다.

선생님께서 조를 짜 주고 청소를 하는데 난 복도 청소였다. 청소한다는 건 싫지만 거품 내는 것이 재미있겠다는 생각에, 나와 친구들은 교복 웃옷을 벗어 놓고 소매는 걷어붙이고, 체육복 있는 친구는 체육복으로 갈아입으면서도 마냥 재미있었다.

미희가 물을 떠 와서 슈퍼타이를 풀고 거품이 뽀글뽀글 나도록 복도 이곳 저곳 구석과 벽, 창틀을 둥글게 돌려 가며 수세미로 닦았다. 팔, 손 그리고 허리까지 무진장 아팠다. 친구들도 아팠을 텐데 누구하나 빼지 않고 치마를 싸잡아 매고 '쓱싹쓱싹.' 열심히 닦았다. 누구 말에 의하면 수세미에서 국물이 나올 때까지.

선생님께서도 우리들처럼 치마는 아니지만 바지도 걷고 양말도 쏙 벗어 바지 옆구리에 있는 주머니에 '쏙' 하고 넣고는 열심히 물을 뿌리셨다. 또 아이들이 열심히 하는 모습도 사진에 담고, 나도 두 장이나 찍혔다. 얼굴 나오기를 바라며.

그리고 나는 복도 청소를 다 하고 혜진이와 같이 친구들이 복도 닦는 마포걸레를, 시커먼 것이 하얗게 되도록 빙빙 돌리고 좌악 짜고 돌리고 밟고. 정말 손에서 땀이 났다. 역시 힘이 좋아서 그런지 물이 잘 빠졌다. 아주 끝까지 깨끗하게 씻어 내려갔다.

선생님께서 물을 떠 오라고 해서, 물 뜨러 남자 화장실에 난생 처음 들어가 보았다. 기분이 묘했다.

청소가 끝나고 우린 선생님께서 사 주신 초코파이로 허기진 배를 채웠다. 아이들도 선생님도 깨끗이 청소한 탓에 기분이 좋아 보였다. 맛있게 잘 먹고.

우리들은 교탁으로 가서 사진을 찍었다. 자기 얼굴이 안 나올까 봐 "좀 숙여 봐." "얼굴 좀 치워." "내려 봐." 하며 자신을 나타내려고 야단이었다. 나도 키가 작아서 다리를 쭉 뻗고 목도 쭈뼛 내밀고 섰다. 내 얼굴이 이쁘게 나오길 바란다.

한 가지, 전에도 그랬지만 우리 담임 선생님께선 중학교 때 담임이 셨던 김경희 선생님과 너무너무 닮았다. 말투, 글씨체, 성격, 얼굴, 거기에다가 '똥배'까지. 어쨌든 오늘은 기분 좋고 재미있던 하루였다. (1997년 4월 9일)

비자금, 학교에서부터

부산 중앙 고등 학교 2학년 김민영

6공 정권 대통령이 부정으로 엄청난 돈을 모아서, 그것이 요즘 전국의 화제가 되고 있다. 모두들 전 대통령에게 욕을 하고 비난하지만 자신들을 한번 돌아보는 사람들은 참 적은 것 같다. 특히 학교 선생님들이 그런 소리를 할 때는 아니꼽기도 하다. 내가 그렇게 하는 이유는 간단하다.

웬만한 사람들이면 돈 좀 있는 학부형들이 학교 행사마다 찾아와서 선생님께 봉투를 드린다는 것 정도는 다 알고 있는 사실이다. 모든 선생님들이 그런 것은 아니지만, 많은 선생님들도 그런 식으로 '검은 돈'을 받는다는 것을 부인 못 할 것이다. 돈을 갖다 주는 부모의 심정도 아마 정부에 '정치 헌금'을 바치는 기업인들과 다를 바 없을 것이다.

아무런 양해도 없이 강제로 보충 수업 시키고 표에는 찬성에 동그라미 찍게 만들고 부모님 도장까지 받아 오게 시키고, 거기다가 자습 시간에 남아서 강제로 앉힌 아이들이 답답해서 조금만 떠들어도 쳐

패고, 우리를 위한다는 명목으로 시험 후 또는 잘못이 있을 때마다 폭력이 정당화되고, 또 학부형들로부터는 뒷돈을 받는 그런 학교 현실은 5공, 6공의 야비한 정치 행태와 뭐가 다르단 말인가? 아마 그렇게 공부시키면 공부는 조금 더 하겠지만, 나중에 정부 고위 관리들이 부정을 저지를 때, 강제 교육을 착실히 받아 온 우리들이 커서 제대로 맞설 수 있을까? 아마 없을 것이다.

조금이라도 나이 많고 높은 사람이 하는 일은 설사 그것이 잘못이라도 얌전히 따르고 묵인해 주는 게 착한 아이라는 교육을 받은 우리들. 제 7공화국, 8공화국 때가 되어서 또 이런 일이 일어나지 않으리라고는 절대 보장할 수 없다.

나는 이번 일로 전 대통령의 잘못을 따지기보다는 학교에 깔려 있는 비민주적인 일들을 반성해 보는 계기로 삼고, 잘못된 일을 하는 선생님께도, 잘못된 정치를 하는 정부에도 당당히 맞설 수 있는 아이들을 기를 수 있게 하는 게 앞으로 또다른 부정 축재를 막을 수 있는 해결책이라 생각한다. (1995년)

죽음, 자살, 용기

부산 성모 여자 고등 학교 2학년 김은영

이상석 선생님께.

수학 여행을 가기 전, 우연히 선생님께서 명주와 저의 사건을 알고 계신 것을 알고는, 도무지 선생님 얼굴을 똑바로 쳐다볼 수가 없었습니다. 그래서 되도록이면 밝게 웃으며 지내려고 노력했지만, 이제 현실을 인식하여 깊게 생각지 않을 수 없기에 그것마저 포기해 버렸습니다. 작은 사실만을 아시면서 가장 많은 걱정을 해 주시는 선생님께 부모님보다 더한 감사함을 느낍니다.

그러나 제가 처음 생각했던 것보다는 일이 커져서 전 전학을 하게 되었습니다. 말이 전학이지 사실 ㅅ여고에서 쫓겨나는 거나 다름없으니, 이 사실 하나만으로도 이를 물어 가며 공부할 수 있겠지요. 저 역시 "공부가 인생의 전부는 아니다."라고 소리치며 이리저리 돌아다녔지만, 결국 이런 상태까지 오니, 혹시 성적이라도 올리면 용서될지도 모른다는 생각이 들었습니다. 하지만 학교에 오자마자 친구들 얼굴 한 번 못 보고 책상에 앉아 있으려니 반항심만 생기고, 항상 저를 감시하느라 바쁘신 담임 선생님을 쳐다볼 때마다 역겨움마저 느낍니다. 집에 가면 가장 믿었던 딸에게 너무 큰 실망을 했다는 어머니의 웅얼거리시는 말씀. 아무것도 모르면서 단지 전학을 가야 한다는 이유만으로 끊임없이 인책을 가하는 언니와 오빠에게 이제 눈치 보는 일뿐입니다.

이젠 학교에서 생활하는 것에 대하여는 아무런 의욕을 느끼지 못하고 시간만 지나면 되겠지 하는 막연한 느낌이 듭니다. 그래서 전학을 가기 전에 선생님께만이라도 처음부터의 모든 사실을 알려 드리고자 합니다. 어쩌면 굉장한 실망에 다 읽으실 수 없을지도 모르나, 부디 선생님만이 모든 사실을 알고 계시다는 것을 생각하셔서 이해해 주시기 바랍니다.

확실한 것은 기억이 나지 않으나, 제가 담배를 피우기 시작한 것은 중2 여름 방학 후부터였다고 생각합니다. 저나 명주가 다닌 ㅎ여중은 서면에 자리를 잡고 있어서, 학교를 다니면서도 서면의 분위기와는 거의 일치한 생활을 할 수 있었습니다. 특히 저의 주위에는 일찍부터 퇴폐적인 문화에 눈을 뜬 친구들이 많았고, 저도 어느 새인가 그 중에서 빠지지 않는 한몫을 담당하고 있었습니다. '조그만 것들이.' '여자가 말이야.' '학생 신분으로.' 이런 말들에 굉장한 반감을 가지면서 우리들의 특별한 행위들이 그것들에 대한 반항이라고 생각하며 저희들만의 쾌감을 느꼈습니다. 디스코텍이다 카페다 혹은 학사 주점이다 하며 저희들이 돌아다닌 곳은 학생으로서는 출입이 도저히 허락될 수 없는 곳이었기에, 어쩌면 저희들은 더 열심히 다녔는지도 모릅니다.

하지만 다른 친구들에 비해 전 학급 반장을 하고 있었기 때문에, 이 사실을 알고 계시는 선생님들께선 서로 쉬쉬하셨고, 덕분에 전 성적에 별 변동 없이 우등생으로 중학교를 마쳤고, 여기 이 곳 ㅅ여고에 입학을 했던 것입니다. 그 후, 전 별다른 반성 없이 중학교 때의 행동을 계속했고, 당연히 성적이 떨어지기 시작했습니다.

하지만 이미 담배를 끊는다는 것은 힘들었고, 저 자신 역시 끊지 않아도, 다시 공부를 열심히 할 자신이 있었기 때문에 아무렇지 않게 계속 학교 생활을 했던 것입니다. 그렇지만 이과반에 와서 저의 성적은 1학년 때의 네 배 정도 떨어져 버렸고, 결국 이번 일까지 벌어진 것입니다.

처음엔 명주가 먼저 담임 선생님께 들켜 버렸습니다. 그 후 얼마 동안은 이미진 선생님께서도 매우 인자하고 자상하게 걱정도 하여 주시고 때론 야단도 치시면서 명주가 습관을 고치도록 무진 애를 쓰는 것 같아 보였습니다. 물론 명주도 그에 따라 공부도 열심히 하고 생활도 충실히 했습니다.

그런데 얼마 후, 이미진 선생님께서 명주 어머니께 전화를 하셔서 여태까지의 모든 사실을 밝혀 버린 것입니다. 명주와 전 너무도 암담해 어찌할 바를 몰랐지만, 한편으론 굉장한 배신감으로 정신이 아찔해질 정도였습니다.

그 후 며칠이 지나지 않아, 이미진 선생님이 저희 반에서 역사 수업을 하실 때 교도 주임 선생님께서 절 부르셨습니다. 이미 이미진 선생님을 통해 명주 얘기를 전해 들으신 교도 주임 선생님은, 우연히 상담실 개설을 위해 자료 수집을 하시다가 제 얘기까지 들으셨다고 합니다. 사실 전 상담이라는 것은 이유를 막론하고 모두가 비밀로 하는 것을 원칙으로 알고 있습니다. 그것도 제가 찾아간 것이 아니라 선생님께서 먼저 얘기를 꺼내셨기 때문에 더더욱 믿고 있었습니다.

그런데 그 다음 날, 이미진 선생님께서 명주에게 저에 대한 얘기를 몇 가지 하셨는데, 그것은 전부 제가 교도 주임 선생님과 상담한 내용들이었습니다. 후에 안 일이지만 교도 주임 선생님은 수학 여행 가셔서 저와 상담한 내용을 저의 담임 선생님께도 얘기하셨더군요.

　어쨌든 담임 선생님께서 4월 7일, 갑자기 절 불러 놓고는 한마디, 정말 한마디 말씀도 하지 않으시고, 내일 도장을 가지고 어머니 학교에 나오시라는 말만 하고 절 돌려 보냈습니다.

　그 때의 저의 심정, 정말 아무도 알 수 없을 것입니다. 어떠한 경우에서라도 어머니께만은 알리고 싶지 않았던 저이기에, 마지막 결론으로 집을 나가리라고 결정했습니다. 하지만 그러지 못했습니다. 생활비조차 제대로 보내 주시지 못하는 아버지와 따로 떨어져 사시면서 언니와 오빠를 대학 보내고 이렇게 저까지 공부시켜 주시는 어머니께 더 이상 죄를 지을 순 없다고 생각했습니다. 그러나 어쩌면 집을 나가서 잘 살 자신이 없었는지도 모릅니다.

　다음 날 8일, 전 학교에 나가지 않고 어머님만 학교에 가셨습니다. 그러곤 어머님께서 가지고 오신 것은 자퇴서 하나뿐이었습니다. 담임을 바늘 하나 들어가지 않을 것 같은 분이라며, 어머니는 이리저리 생각하시다가 결국은 학생 주임 선생님을 만나셨습니다. 잘 한 일인지 못 한 일인지 전 아직도 잘 모릅니다.

　어쨌든 그 뒤 저에 대한 선생님의 태도는 180도로 변화되었고, 그 덕분에 저만이라도 수학 여행을 갈 수 있었습니다. 학생 주임께서는 자신이 안 이상 벌을 받지 않을 수 없는 것이며, 최대한 가볍게 무기 정학을 받는다 해도 사회에서 치자면 전과자 같은 경우가 되므로 아무래도 전학을 가는 것이 좋겠다고 하셨답니다.

그 후 곧바로 어머니는 남구 쪽으로 퇴거 신청을 하셨고, 지난 20일 날 퇴거가 되었습니다. 저도 학생으로서 큰 죄를 지었으므로 계속 이 학교에 남아 있는 것은 도리가 아니며, 저도 느끼지 못한 사이에 저의 행동이 다른 친구들에게 영향을 끼칠까 걱정이 됩니다.

명주와 저는 중학교 때에는 별로 친하지 않았는데, 1학년 중반부터 갑자기 친해진 사이입니다.

선생님, 이 모든 일을 모두 비밀로 해 주시기 바랍니다. 중학교 때 부터 너무 많은 선생님께 속아 온 저라, 사실 선생님께도 의심이 가지 않는다고 말씀드릴 수는 없습니다. 이 학교 계속 있으면서 언젠가는 선생님께 좋은 말씀 많이 들을 수 있을 것 같았는데…….

이제 남은 것은 교장 선생님께서 직인만 찍어 주신다면 전학 갈 준비 하는 것뿐입니다. 그 쪽 학교에서 저의 일을 알게 될지는 잘 모르겠으나, 솔직히 깨끗한 생활을 할 자신이 없습니다. 그렇다고 제가 이런 편지 쓴 것에 대해서 전혀 부담감은 느끼시지 않으셔도 됩니다. 단지, 저 이외의 다른 학생이 이런 일을 겪게 된다면 일이 커지기 전에 미리 방지해 주시기를 바라는 마음뿐입니다.

일 년 반 동안, 선생님과 함께 생활하면서 적지 않게 받았던 교훈을 영원히 기억함으로써 항상 선생님은 제 곁에 있는 것으로 믿겠습니다. 짧은 시간이나마 선생님께 끼쳐 드렸던 걱정에 대해 진심으로 사과드립니다. 그렇지만 선생님만큼은 이 일을 모르고 계셨더라면 제 마음이 훨씬 가벼웠을 거라는 생각이 듭니다. 1학년 때 담임 선생님과 이상석 선생님, 저에게 정말 잊을 수 없는 두 분이었고, 제일 감사하게 생각하는 두 분입니다.

끝으로 적어도 선생님만은 저희들의 사라지지 않는 스승으로 남아 계셨으면 합니다. 항상 전인 교육에 힘써 주시며, 또한 건강하신 모습 뵙기를 원합니다.

1989년 4월 21일, 제자 김은영 올림.

학급 문집 만든 이야기

부산 중앙 고등 학교 1학년 강상원

'문집을 만들자!' 라는 선생님의 제안은 1학기 때부터 있었던 것이다. 2학기도 얼추 끝나고, 슬슬 문집 계획은 구체화되기 시작했다. 우리들은 모둠 일기들 중에서 선생님께서 쳐 오라고 하시는 글들, 그리고 우리들이 넣고 싶은 글들을 부지런히 쳐서 나르면서 문집이 우리들 앞에 놓여질 날을 기다리고 있었다.

그러나 겨울 방학 개학날. 우리는 선생님의 폭탄 선언을 듣고 전율하지 않을 수 없었다.

"여러분은 내 교직 생활 20년 만에 가장 단합이 잘 되고 정이 깊이 든 반입니다. 그런 만큼, 올해 여러분의 문집 제작은 전적으로 여러분에게 맡기려고 합니다. 물론, 기본적인 계획은 짜 놓았습니다. 그러나 나는 그 외의 일에는 일체 관여하지 않겠습니다. 지금부터 뽑는 편집 위원들을 중심으로, 여러분 스스로 책을 한 권 만들어 보십시오. ……."

다음 날부터 10명의 편집 위원들에게는 비상이 걸렸다. 8교시, 야자 시간은 물론 방과 후까지도 모여 앉아 편집하기에 여념이 없었다. 계획서 한 장씩 달랑 들고, 생전 처음으로 책을 한 권 내라는 임무를 맡았으니…….

편집은 그리 쉽지 않았다. 그 동안 쳐 놓은 글들을 모두 모아 1차 인쇄를 해 보았다. 분량이 장난이 아니었다. 그만큼 좋은 글이 많았다는 이야기이기도 하지만, 오타는 또 왜 그렇게 많은지……. 게다가 제목이 없는 글들이 대부분이라, 우리들이 제목을 붙여서 글쓴이들에게 허락을 받아야 했다. 제목 붙이기가 끝난 뒤, 모든 친구들에게서 1년을 마치며 하고 싶은 말과 뒷번호 친구들 칭찬을 받아 내야 했다. 친구들의 협조로 금방 제출이 완료되었지만, 사진과 함께 들어갈 글이라서 칸을 비워 놓아야 했기 때문에 편집하기가 꽤 힘이 들었다. 힘겹게 끝낸 뒤에는 공모해 두었던 제목을 심사했다. 간단한 의논 끝에, 총 10편의 제목 중 광민이의 '해가 드는 교실'이 문집의 제목으로 결정되었다.

다음 일은 글들을 한 디스켓에 모아 글꼴, 자간 등을 통일하는 것이었다. 하지만 그 전에 부딪힌 문제는 엄청난 원고량이었다. 그대로 문집을 냈다가는 250페이지도 가볍게 넘길 판이었다. 할 수 없이 우리는 글 추려 내기 작업에 들어갔다. 어떤 면에서는 이 작업이 가장 어려운 작업이었다. 하나같이 소중한 친구들의 글을 하나하나 비교해 가면서 빼내고, 빼낸 글에는 냉연히 ✕표를 쳐야 하는 작업. 진짜 얼마나 고민했는지 모른다. 자기 글이 생각보다 적은 친구들은 이 점을 알고 이해해 주었으면 한다. 워낙 많은 원고량이라 이 작업은 나중에 3차 작업까지 이어지게 된다.

개인적인 사정으로 자신의 글을 스스로 빼려 하는 친구도 있었다.

명학이의 경우 자신의 과거와 가족에 대해 쓴 긴 글이 실릴 예정이었는데, 명학이는 그것을 우리 반 밖으로까지 알리고 싶지는 않은지 한사코 싣기를 거절했다. 우리들과 선생님이 싣기를 권해 보았지만, 싫다고 하며 약간의 눈물까지 머금어 우리들을 좀 숙연하게 했다. 결국은 명학이의 뜻에 따랐다.

컴퓨터 팀에서 추려 낸 글들을 파일화하고 글꼴을 통일하고 하는 동안, 편집 팀에서는 1년 간 우리 반에서 일어났던 10대 사건을 기사 형식으로 정리하여 '1학년 3반 10대 사건'을 만든다. 반 친구들의 의견도 묻고, 월드컵에 대한 기사는 축구 박사 중하에게 원고를 청탁하기도 하여, 1학년 3반 누구나 공감할 만한 재미있는 기사가 완성되었다. 문집 공모 과정, 주소록 등을 더 첨가하고 2단 편집까지 하여 2차 인쇄를 하였다. 아직도 오타가 너무 많았고, 글들이 마구 뒤섞여 있어 읽기가 어려웠다. 컴퓨터의 맞춤법 검사 기능으로 하루 종일 오타를 잡아 보았으나, 그래도 잡아 내지 못하는 오타가 많았다.

결국 최종 인쇄 전날 내가 밤을 새서라도 다 읽고 오타를 잡아 내기로 하였다. 삽화 약간과 표지 그림을 용진, 승준에게 부탁하고 표지 도안도 해 보았다. 하루도 빠짐없이 일을 했으나, 처음 해 보는 출판 작업인지라 계산 밖의 자잘한 문제점이 너무 많았고 시일도 촉박했다. 결국 우리는 최후의 수단을 택했다. 3명 정도가 우리 집에 모여 하룻밤을 꼬박 새워 편집을 완료하기로 한 것이다. 11일이 졸업식이라 수업이 없으므로 10일이 밤을 새기에는 안성맞춤이었다. 10일 정도면 상당한 양의 작업이 완료된 상태였지만, 편집 작업 최강 최후의 '노가다'가 남아 있었으니, 바로 소제목별 분류와 오타 수정이었다. 밤샐 작정으로 모인 나, 상훈, 현석, 민수 네 명은 머리를 맞대고, 글들의 분류 기준을 정했다. 물론《봉신연의》같은 만화책을 본다든지 하면서 일 안 하고 논 사람은 없었다(안 그래, 정상훈?). 그리고 수많은 글들에 전부 번호를 매겨 글을 하나하나 보면서 몇 부에 넣어야 할지를 정했다. 대충 글들의 분류가 끝나고, 이제 컴퓨터로 글들을 따로따로 모아 분류할 차례였다. 이 작업에서 시간이 꽤 걸릴 것으로 생각되었으나, 현석이의 귀신 같은 컴퓨터 솜씨 덕분에 한 시간도 못 되어 끝이 났다. 만약 현석이의 활약이 없었더라면, 이 문집은 아마도 나오기 힘들었을 것이다. 현석이가 제일 수고를 많이 했다.

차례 적는 것도 큰일이었다. 이 작업들을 하면서 작업용 원고를 처음부터 끝까지 열 번은 넘게 뒤적거렸을 것이다. 그래도 끝이 나고, 추가글이나 늦게 글 낸 사람들의 글을 보충하고 나니 새벽 3시쯤 되었다. 차마 이름을 밝힐 수 없는 편집 위원 두 명은 이런 시간에도 게임방에 갈 수 있다는 것을 몸으로 가르쳐 주었다. 정말 고마웠다. 다음날 학교에 일하러 올 때까지 열나게 오타를 잡고 나니, 3분의 2는 잡을 수 있었다. 밤샌 보람이 있어, 약간의 오타 수정과 쪽수 넣기를 제외한 대부분의 일을 끝마친 것이다.

그러나 아침이 밝고, 밤을 샌 채로 학교에 온 우리들은 엄청난 충격의 2연타에 정신을 잃어야 했다. 여백 주기를 너무 작게 두어 책이 빡빡해질 것이라는 선생님 말씀을 듣고 여백을 늘린 결과, 글들이 마구마구 밀려 나가 우리의 깔끔한 편집이 모조리 흩어져 버린 것이다. 그것뿐이면 괜찮다. 바뀐 여백 주기에 맞추어 다시 글들을 다듬고 있는데, 출판사에 문의하러 간 명재가 출판사의 요구 조건을 전화로 알려왔다. 그들이 요구하는 용지 사이즈와 여백 주기, 간격 등은 우리가 고치고 있던 것과는 완전히 틀린 것이었다……. 현석이는 또 그거 고

친다고 죽어났다.

이 문집 〈해가 드는 교실〉은 이처럼 험난한 길을 거쳐서 태어났다. 그러나 이 문집의 의의는 그야말로 백 퍼센트 우리들의 손으로 만들었다는 데에 있다. 선생님은 거짓말 안 보태고 손도 안 대셨다. 짜장면 한 그릇도 없었다. 젓가락을 안 가져오는 바람에 선생님들 책상에 있는 티 스푼으로 컵라면 떠 먹어 가면서 우리 손으로 완성시킨 책이다. 우리들의 1년이 고스란히 살아 있는.

이 자리를 빌어 편집 위원 몇 친구들에게 용서를 구한다. 편집 위원이면서 할 일이 주어지지 않아 화났던 친구들이 있을 것이다. 좀 변명을 하자면, 편집 일이 단계적인 것이어서 한 가지 일이 끝나지 않으면 다음 일을 할 수 없는 경우가 많았다. 그래서 할 일은 많은데 일감이 주어지지 않았던 것이다. 또 생활 기록부 정리 때문에 컴퓨터를 못 쓰는 경우도 있었고. 이미 타자는 거의 다 친 상태라는 걸 잊고, 선생님께서 편집 위원을 너무 많이 뽑으신 듯하다.

우리 반 친구들이 이 문집을 영원히 소중하게 간직해 주기를, 그리고 더 많은 사람들이 우리들의 아름다웠던 1년을 알고 이 문집을 사랑해 주시기를 기원하면서, 너무 길었던 머리말을 맺을까 한다.

1999년 2월 12일, 편집 책임을 맡았던 강상원 씀.

우리 반 모둠 일기

부산 중앙 고등 학교 2학년 2반

1995년 11월 10일. 김헌규.

오랜만에 새로 쓰는 모둠 일기다. 우리 모둠에서 일기장을 내가 잃어버려서 계속 쓰지 못하다가 다시 만들어서 새로 쓰기 시작했다.

이제 3학년이다. 대학 입시 공부에 미쳐서 지내야 할 1년. 생각만 해도 끔찍하다. 지금도 9시까지 자습하고 그런 것이 지겨운데, 3학년 때는 일요일도 학교에 나와야 한다던데…….

나는 이제야 이해가 된다. 3학년들이 왜 그렇게 겉늙었는지. 맨날 선생님한테 구박받고 공부에 미쳐서 지내니까 늙을 만도 하지.

우리 학교 방침 중에 짜증나는 게 있다. 2학년 각 반에서 몇 명씩 전교 60등 안에 드는 아이들만 따로 공부시키는 것이다. 그게 무슨 싸가지 없는 짓이고……. 공부 못 하는 아이들 놀리는 것도 아니고.

나는 이다음에 내 자식들이 학교 들어가고 그럴 때쯤 되면 때려서라도 공부는 잘 하게 만들 것이다. 그래야 학교에서 선생님들한테 꿀

릴 것 없이 당당해질 것 같다.

공부를 잘 하는 아이가 있으면 당연히 못 하는 아이도 있는 거지, 모두 다 일등 하면 그 일등이라는 의미가 필요가 없게 되잖아.

여하튼 우리 나라 교육 사상이 꼬롬해 갖고 될 것도 안 된다.

오늘 오랜만에 모둠 일기에 괜히 이상한 말만 쓴 것 같다. 사실은 쓸 게 없어서 그냥 학교 욕 좀 했다.

1995년 11월 12일, 박찬오가 씀.

글을 한참 미루다가, 그저께 쓴 헌규 글을 읽고 느낀 것이 있어 써 본다.

우리 선생님이 며칠 전 종례 때, 전교 60등까지 따로 공부하는 것은 잘못된 것이라고 하신 것이 기억이 난다. 하지만 그것이 마음에 닿지 않은 것이 사실이다. 난 그것에 대해 생각을 하지 않고 그저 "와, 조용하다." 정도 느끼면서 며칠을 다녔다. 저번 주 목요일이었다. 음악실 가는 도중에 선생님을 만났다.

"가니 좋디?"

"예!"

그 때, 선생님의 표정이 순간, 아주 순간 동안 바뀌었다. 이상스럽다는 표정이었다. 나는 아차 했다. 선생님이 기대하던 말이 아니란 걸 순간 느꼈다. 그 날인가, 그 다음 날인가, 종례에서 선생님은 다시 한 번 강조하셨다. 내가 느낀 것이 사실이구나 정도 느낄 뿐이었다. 그저 선생님에게 미안할 뿐이었다.

오늘이다. 헌규의 말은 귓구멍을 후벼 내 가슴까지 파고 들어가 꾹
꾹 찌르는 듯하였다. 이렇게까지 생각하고 있었구나 싶었다. 그리고
지난 며칠 동안 있었던 일이 떠오르기 시작하였다. 앞쪽에 앉아 있는
아이가 떠들면 뒤쪽 아이들은 아무런 행동도 못 하고, 뒤쪽에서 떠들
면 앞쪽 아이들은 째려보고. 그리고 그것들을 보며 '두고 봐라. 너희
들을 헤치고 앞쪽, 제일 앞쪽으로 갈 것이다.' 라고만 생각했던, 바보
스럽고 극히 일면만 보는 나의 생각을 떠올리며 정말 부끄러웠다. 지
금 여기는 정독실이다. 절대 정숙? 웃긴다.

순간 노태우가 떠오른다. 그도 이러한 과정을 겪었을까? 그래서 자
기는 특별한 '엘리트' 라고 느끼며 자랐을까? 그리고 그렇지 않은 자
는 '엘리트' 라고 불리는 자들을 욕하면서도 부러워하는 마음을 가졌
을까?

이러니 우리 나라 꼴이 말이 아니다. 우리들은 이런 환경에 처해 있
어도 올바른 마음을 지녀야 한다. 환경에 물들면 안 된다. 그래야 우
리 때부터라도 올바른 사회를 이끌어 나갈 수 있을 것이다.

덧붙이는 말 : 지금 지나가는 놈도 아주 의기양양하게 지나간다. 앞
에 있는 놈이다. 그런데 그렇다고 공부를 열심히 안 하는 것은 더 어
리석은 짜식일 거야.

1995년 11월 14일 화요일, 김승모.

거의 두세 달 만에 처음 쓰는 모둠 일기다. 헌규가 일기장을 잃어버
린 후 그냥 넘어갔다. 선생님께서도 바쁘신지 모둠 일기도 잘 챙기시

지 않고, 헌규에게도 크게 꾸중하시지는 않았다. 왜 그랬을까? 선생님의 적극적인 지도도 이제 식어서 그랬을까, 아니면 하기 싫어한다고 짐작하고 그냥 포기해 버려서일까? 시작부터 선생님에 대한 비판이 조금 쓰였다. 지금부터 내가 쓸 내용을 선생님께서 읽으시고 오해가 없기를 바라며 일기를 시작한다.

선생님께서는 언제나 우리에게 잘못된 제도나 법은 어떠한 고난을 겪으면서라도 바르게 고쳐 나가라고 말씀하신다. 선생님께서 그런 말씀을 하실 때 나는 마음 속으로 이런 생각이 떠오른다.

'과연 우리의 조그만 힘으로 그런 것들을 고칠 수 있을까?'

선생님의 말씀을 듣고 있으면 옳은 말이긴 하다.

하지만 어머니께서 나에게 또한 항상 하시는 말씀이 있다. "사회를 살아가려면 남에게 아부도 하고 잘못된 것도 못 본 척 넘어갈 줄 알아야지, 자기 뜻대로 하면서는 사회 생활 하기가 어렵다."는 말이다. "너희 외할아버지는 유신 정권에 반대하다 전매청에서 쫓겨나 평생 실업자로 지내며 가난하게 살았다. 너거들은 절대 그러지 마라. 왜 딴 사람은 가만히 있는데 혼자만 그라노 말이다."라고 엄마는 언제나 할아버지를 탓한다. 물론 엄마가 어릴 때 가난하게 살아 온 것을 할아버지 탓으로 돌리는 것 같다. 하지만 엄마 말도 일리가 있는 말이다. 사회에서 보면 5·18 광주 항쟁, 또 어떤 운동도 크게 성과를 거두진 못했다. 오히려 그런 학생이나 시민들은 잡혀가 죽고 했을 뿐이다.

선생님께서는 보통 사람과 사상이 조금 다른 것은 확실하다. 또한 그것이 나쁘다고 생각한 적은 한 번도 없다. '학생의 날' 나는 솔직히 그런 날이 있는지도 몰랐다. 그런데 그 날을 챙겨 빵과 우유, 그리고 중요한 글이 담긴 수첩을 주는 선생이 있으면 나와 보라고 해라.

하지만 선생님께서 오늘도 이런 말씀을 하셨다.

"헌규야, 너거 모둠 일기장에 '헌규, 니는 와 자꾸 학교 욕만 하노.'라는 내용이 있더라. 그 말도 맞는 말이다. 자꾸 비판만 하는 시각은 안 좋다."

그런데 선생님은 앞에서도 말한 바와 같이 잘못된 생각이나 제도는 무슨 방법을 써서라도 고쳐야 된다는 말을 하셨다. 이 두 말은 모순되는 내용인 것 같다. 비판을 해야만 그 잘못을 고칠 수 있기 때문이다.

또 모순되는 것이 있다. 선생님은 "여러분이, 잘못된 것은 바로잡아 나가야 합니다. 여러분이 바로잡지 못하면 영원히 바로잡지 못합니다."라고 말씀하신다. 그렇지만 사실 우리가 무엇을 고친단 말인가? 무엇을 바로잡는단 말인가? 학교의 강제적 제도에 과연 우리는 어떻게 이런 것들을 바로잡을 수 있느냐 말이다.

선생님 생각도 맞는 말이지만 나는 그래도 조금은 반대이다. 내 생각이 잘못되었는지, 선생님 생각이 사회에는 맞지 않는 건지 잘 모르겠다. 시간이 있으면 우리 반 아이들과 함께 이 문제에 대해서 적극적인 토론을 했으면 좋겠다.

선생님이 또 자기 생각대로 안 따라 준다고 삐끼면 어쩌나?

(1995년 11월)

희망과 용기를 가지게 하는 이야기들

이오덕(아동 문학가)

지난 여러 해 동안 글쓰기회 선생님들이 지도한 중고등 학생들의 글을 한 자리에 모은 책이 이렇게 나오게 되어 여간 반갑지 않습니다. 어른들의 글보다 아이들의 글을 더 즐겨 읽는 나로서는 중고등 학생들이 쓴 글을 모아 놓은 책을 보기가 어려운 사정에서 우선 좋은 읽을 거리가 나왔다는 생각이 들었습니다.

그런데 이 책 머리의 차례를 보니 학생들이 쓴 글을 몇 가지 글감으로 나누어 놓았는데, 그것이 우리 집 식구, 학교와 교실, 내가 하는 일, 살아온 이야기, 대강 이렇게 되어 있습니다. 중고등 학생쯤 되면 글감의 폭이 좀더 넓어야 하겠는데 어째서 겨우 이 정도밖에 안 되는가? 가령 요즘 온통 세상을 들끓게 한 미국의 고층 건물 폭파 사건이라든가, 아프가니스탄 전쟁 같은 것도 얼마든지 우리 학생들의 삶 속에 이어져 있는 문제로 될 수 있을 터인데 어째서 그런 글이 없는가

하는 것인데, 이런 일들은 이 문집의 글을 모으고 난 뒤에 일어난 일이겠다 싶기도 하지만, 남북 이산 가족 만남이라든가, 통일에 관한 이야기를 쓴 글이 어째서 없을까 하는 것입니다.

하지만 막상 이 학생들의 글을 읽어 보니 아하, 그렇지. 내가 우리 학생들의 현실을 너무 모르고 교육을 그저 머리 속에서만 생각하고 있었구나. 우리 학생들은 이렇게밖에 쓸 수 없겠구나, 하고 깨달아졌습니다. 중고등 학생도 글쓰기는 역시 '나'를 말하는 데서부터 시작하고, 부모와 형제, 집 안의 이야기부터 정직하게 쓰는 데서 시작해야 되겠구나, 하고 생각했습니다. 초등 학교에서 그렇게 해서 자기 삶을 가꾸어 오지 못했다면 중고등 학교에서 그렇게 시작해야 할 것이고, 중고등 학교에서 그런 글쓰기를 못 했다면 대학에 가서, 또는 사회에 나가서 그렇게 하는 수밖에 없겠습니다. 그래서, 지금 우리 나라에서는 거의 모든 어른들이 이런 참된 글쓰기 교육을 받지 못했기에 이제부터라도 사정이 허락되면 어른들도 아이들과 같이 글쓰기로 삶을 가꾸는 공부를 하는 것이 좋겠다고 생각합니다.

나는 처음에 이 문집의 원고를 그저 몇 편만 읽어서 이 글을 쓰려고 했습니다. 그런데 읽어 보니 재미가 있어서 자꾸 읽게 되어 그만 어느새 다 읽어 버렸습니다. 재미있었다는 것은 웃기는 이야기가 되었다든지, 재치있게 글을 꾸며 썼다는 것이 아닙니다. 그런 글이라면 읽다가도 그만두었을 것입니다. 참 그렇구나, 하는 감동을 받았다는 말입니다. 이 학생들의 글에는 교과서는 말할 것 없고 신문이나 잡지나 그 밖에 어떤 책에서도 볼 수 없는, 우리 나라 아이들의 생생한 현실이 있고, 살아 있는 목소리가 있습니다. 그래서 이 글들은 때로 나를 울리고 때로 나를 웃기면서 깊은 생각에 잠기도록 했습니다. 이 학생들의 글은 우리 사회의 모든 것이 환히 비쳐 보이는 거울입니다. 이 거울 속에 우리 모두의 절망이 있고 희망이 있습니다.

더구나 이 학생들의 글 가운데는 참으로 기가 막히고 어처구니가 없는 이야기가 많습니다. 더러 이런 글을 읽고서 '이건 뭐 특별한 아이들의 이야기만 골라서 모아 놓은 것이겠지.' 하고 생각할 사람이 있을지 모르겠습니다. 그러나 이것은 결코 별난 아이들의 글이 아닙니다. 지금 내가 살고 있는 이런 시골의 조그만 마을만 해도 거의 집집마다 온갖 어처구니없는 비극이 있고, 그런 비극 속에는 또 어김없이 아이들이 그 비극의 주인으로 되어 있습니다. 그러니까 이 학생들의 이야기는 도시와 농촌과 어촌을 물을 것 없이 지금 우리 나라 전체 아이들이 살아가는 참 모습이라고 보아야 합니다.

이 학생들의 글에서 내가 가장 크게 감동한 것은, 이렇게 온갖 험난한 가시밭 길을 맨발로 걸어가는 아이들이, 어른들 같으면 스스로 목숨을 버리거나 부도덕한 짓을 저지르거나 할 터인데, 그런 역경을 놀랄 만큼 참고 이겨 내면서 꿋꿋하게 살고 있다는 사실입니다. 참으로 눈물겨운 일입니다. 여기서 비로소 우리 겨레의 희망을 보게 됩니다. 그리고 우리 어른들이 아이들을 어떻게 키워야 하는가, 정치를 어떻게 해야 하는가, 경제를 어떤 길로 가게 해야 하는가를 찾아 내게 됩니다.

나는 이 책을, 이 땅에서 아이들을 키우는 모든 부모님들께, 그리고 남의 아들딸들을 가르치는 모든 선생님들께 꼭 한번 읽어 보시도록 권합니다. 또 장학 일을 하는 분들과 교육 행정을 맡은 분들이 읽어 주시기 바랍니다. 정치를 하는 분들도 꼭 읽어 주셨으면 합니다. 왜 그런가 하면, 적어도 여기 이 아이들이 써 놓은 글에 나타나 있는 우리 학생들의 현실을 모른다면, 그런 사람은 부모 노릇을 할 수 없고, 교육을 할 자격이 없고, 장학이고 행정이고 하는 일을 맡을 자격이 없다고 생각하기 때문입니다. 나는 대통령도 우리 아이들이 교실에서 어떤 일을 벌이고 어떤 일을 당하고 있는가를 알아야 하고, 그런 것을 모른다면 그런 사람은 대통령이 되어서는 안 된다고 생각합니다. 그 까닭은, 학교의 교실에서 민주주의가 이뤄지지 않고 폭력이 지배한다면 그런 나라는 절대로 희망이 없기 때문입니다.

그러나 어른들보다도 더 학생들이 이 책을 읽어 주었으면 좋겠습니다. 이 책을 읽으면 아, 여기 우리 세계가 있구나, 이것이 진짜 우리 이야기고 나 이야기구나, 나도 이렇게 나 자신을 솔직하게 나타내면서 용기를 가지고 살아가야지, 나를 키우면서 굳세게 살아가야지, 하고 마음을 다잡을 수 있을 것이기 때문입니다.

지난 반 세기 동안 학교의 선생님들이 아이들에게 어떤 글을 쓰게 하였던가요? 제목을 정해 주면서 어떤 내용을 어떻게 쓰라고 가르쳤습니다. 무엇이든지 쓰고 싶은 것을 정직하게 쓰도록 하지는 않았습니다. 또 초등 학생들은 어른들이 쓰는 동요나 동시를 흉내내어 쓰게 하였고, 땀 흘려 일하는 자기의 삶은 부끄러운 것으로 여겨서 숨기고, 다만 잘 먹고 잘 입고 놀면서 살아가는 사람들의 이야기를 남 따라 쓰는 것을 글짓기라 하여 말재주를 부려서 쓰도록 했습니다. 중고등 학교에서는 어른들이 쓴 수필이나 소설이나 시를 교과서로 배워서 그것을 모방하는 짓을 문예 창작이라고 하여 가르쳤습니다. 다시 또 얼마 전부터는 논술문 쓰기란 것이 모든 학생들의 관심거리가 되도록 해서, 어른들이 써 놓은 온갖 유식한 추상 논리를 머리로 익히도록 했습니다. 그래서 우리 아이들을 그들의 삶에서 철저하게 떼어 놓아서 병든 글재주꾼으로, 빈 말만 지껄이는 말재주꾼으로 만들었습니다. 이것이 바로 나라를 망치는 교육이 되었습니다. 이런 교육을 잘도 받아서 좋은 학교 나와 입신출세했다는 사람들, 높은 자리에 올라가서 국민들을 지도한다는 사람들 보십시오. 그들은 모두 말을 잘 하고 글도 참 유식하게 씁니다. 그러나 정직하게, 성실하게 일하는 사람은 거의 없습니다. 왜 그런가요? 거짓스런 글재주 말재주만 배워서 자라났으니 그렇게 될 수밖에 없지요. 그리고, 우리 국민 거의 모두가 우리 것은 무엇이든지 보잘것없고 부끄러운 것으로 여겨서 내버리고 싶어하면서 남의 것, 남의 나라, 더구나 서양 나라 것을 하늘같이 떠받드는 병든 마음을 가지게 된 까닭이 잘못된 교육에 있고, 그 교육 가운데서도 거짓스런 글짓기로 자기를 숨기고 남의 흉내만 내도록 하였기 때문입니다. 지난 반 세기 동안 우리 온 국민이 이런 바보가 되는 교육, 비참한 흉내만 내는 동물이 되는 교육, 민족을 배반하는 교육을 받았다는 사실을 똑똑하게 알아 두어야 합니다.

그래서 이 학생들의 글을 읽으라는 것입니다. 어른들이 어렵고 유식하게(어렵고 유식하게 쓴 글은 또 죄다 병든 외국말법으로 된 글입니다.) 쓴 책을 열 권, 백 권 읽는 것보다 이렇게 보고 듣고 생각한 것, 겪은 것을 정직하게 써 놓은 학생들의 문집 한 권을 읽는 것이 더 유익합니다. 이 책을 읽는 모든 학생들이 이 글을 쓴 학생들처럼 세상과 자신을 바로 보게 되고, 솔직하게, 그리고 떳떳하게 자신을 드러내어 보이면서 자신을 든든하게 세우고 키워 가게 된다면 얼마나 좋을까요. 부디 희망과 용기를 가지고 살아가시기 바랍니다.

2001년 11월

찾아보기

제목/쓴 사람, 지역 학교 학년/글 쓴 날짜/문집 〈쪽 수〉

▶ 문집 이름이 없는 글들도 한국글쓰기연구회 선생님이 가르친 아이들이 쓴 글입니다.
지도한 선생님 이름은 따로 밝히지 않았습니다.

엮은이 한국글쓰기교육연구회 는

1983년 전국의 초등 학교와 중·고등·학교 선생님들이 모여서
어린이와 청소년의 참된 삶을 가꾸는 일을 연구하고 실천하려고
만든 모임입니다. 지금은 학교 선생님들뿐만 아니라 학교 밖 선생님들도
함께 올바른 글쓰기와 우리말을 바로잡는 일에 애쓰고 있습니다.

고등 학생, 우리들이 살아가는 이야기
날고 싶지만

2001년 12월 10일 1판 1쇄 펴냄 | 2016년 3월 4일 1판 8쇄 펴냄 | **엮은이** 한국글쓰기교육연구회 |
펴낸이 윤구병 | **편집부** 김은주, 남우희, 신옥희, 윤은주 | **디자인** 유문숙 | **제작** 심준엽 | **영업 홍
보** 백봉현, 안명선, 양병희, 이옥한, 정영지, 조병범, 조서연, 최민용 | **경영 지원** 임혜정, 전범준, 한
선희 | **분해·제판** 아이·디 | **인쇄** (주)미르 인쇄 | **제본** (주)상지사 | **펴낸 곳** (주)도서출판 보리 | **출판
등록** 1991년 8월 6일 제 9-279호 | **주소** 경기도 파주시 직지길 492 **우편 번호** 10881 | **전화** (031)955-
3535 | **전송** (031)955-3533 | **홈페이지** www.boribook.com | **전자 우편** bori@boribook.com